रोमांचक कहानियां

टिनी टॉट पब्लिकेशन्स
भारत

51
रोमांचक कहानियां

ISBN: 81-304-0962-3

संस्करण: 2023

सम्पादन:
श्याम दुआ

चित्र एवं पृष्ठ सज्जा:
क्रिएटिव कंसेप्ट्स, नई दिल्ली

प्रकाशक

टिनी टॉट पब्लिकेशन्स

बी-122, बेसमेन्ट, सेक्टर-63, नोएडा,
गौतम बुद्ध नगर - 201301 (उ.प्र.)
फोन: +91 9818288139, 9810060807
+91-0120-4570157
ईमेल: tinytotpub@hotmail.com
वेबसाइट: www.tinytotpublications.com

CONTENTS

बलिंडा और मगरमच्छ

मार्शल लोगों को जंगल के दौरों पर ले जाता था। इस बार वह कुछ लोगों को अपने साथ मछली पकड़ने के दौरे पर ले जा रहा था।

वह जानता था कि पेड़ों के झुरमुट के बीच एक नदी बहती है। जिसमें बहुत सारी मछलियां हैं।

अगले दिन, श्रीमान और श्रीमती जेम्स अपने दो बेटों, एक बेटी और दो युवकों के साथ आ गए। वह उन सबको अपनी पुरानी नाव में बिठा कर नदी की ओर ले गया।

उन्होंने वहां आग जलाने के लिए लकड़ी जमा की और तंबू लगा दिए। श्रीमान और श्रीमती जेम्स के बेटों का नाम बिल और रॉजर व बेटी का नाम बलिंडा था। वह बहुत छोटी सी थी। उनके साथ जॉर्ज और लिन नामक दो युवक भी आए थे।

अगली सुबह वे सभी जल्दी उठ गए और सबने मछलियां पकड़ने के कांटे ले लिए। इसके अलावा उनके पास बाल्टी, चारा और बाकी जरूरी सामान भी था। श्रीमती जेम्स बलिंडा के साथ घूमने लगीं। वह मछलियों को चारा डाल रही थी। उसे वहां एक छोटा सा कछुआ मिल गया और वह उसे अपने साथ तंबू में ले आई।

श्रीमती जेम्स घूमने से थक गई थीं इसलिए वे लेट गईं। उधर वे लोग मछलियां पकड़ने में मग्न थे। बिल दो छोटी मछलियां पकड़ चुका था और जॉर्ज के खाते में एक बड़ी मछली आई थी। अचानक उन्हें बलिंडा की ओर से तेज आवाज सुनाई दी, “कितनी बड़ी मछली! जल्दी आओ।”

श्रीमती जेम्स की भी आंख खुल गई और वे नदी की ओर लपकीं। उन्होंने देखा कि बलिंडा एक बड़े पत्थर पर खड़ी थी और उसके नीचे एक बड़ा सा मगरमच्छ था। श्रीमती जेम्स यह यह देख कर चिल्लाईं। मार्शल अपनी बंदूक लेने भागा। ज्यों ही मगरमच्छ ने चट्टान पर पूंछ पटकी। श्रीमती जेम्स ने बलिंडा को लपक लिया। दोनों युवकों ने पत्थर उछाले और तालियां बजा कर मगर का ध्यान अपनी खींचने की कोशिश की। उसने अपना सिर उनकी ओर घुमा लिया।

मार्शल ने आ कर झट से अपने हाथ में ली हुई बंदूक से गोली दाग दी। बड़ा मगरमच्छ कांपा और धीरे से पानी में डूब गया। "मैंने इसे बेहोश कर दिया है। अब यह कुछ देर तक सोता रहेगा।" मार्शल ने कहा।

"क्या हम मछली पकड़ने कहीं और जा सकते हैं?" श्रीमान जेम्स ने कहा

"जी, हम दूसरी जगह चलते हैं। मुझे और भी जगह पता हैं।" मार्शल बोला।

इस तरह वे सारे एक शांत झील की ओर चल दिए। सबके पास अपने दोस्तों को सुनाने के लिए एक मजेदार कहानी आ गई थी।

जोकर के आंसू

फेंस्टर का सारा जीवन रॉयल सर्कस के साथ बीता था। वह अब बूढ़ा हो गया था इसलिए उसे कूदने और गाड़ियों को पलटने में मुश्किल होती थी। उसकी पीठ और घुटनों में दर्द रहने लगा था। उस दिन, जब वह डॉक्टर के पास गया, तो डॉक्टर ने उसे काम छोड़ने की सलाह दी।

वह अपने कारवां में वापिस आया और दरवाजा बंद कर लिया। सर्कस के मैनेजर, मि. बिंक्स उसे खोज रहे थे। शाम तक फेंस्टर कहीं नहीं दिखा। आखिर में वे उसके दरवाजे के पास गए और दरवाजा खटखटाया।

अंदर से थोड़ी हलचल हुई और फिर फेंस्टर ने दरवाजा खोल दिया।

मि. बिंक्स उसे देख कर हैरान रह गए। फेंस्टर की आंखें लाल और सूजी हुई थीं। उसे देख कर लग रहा था कि वह पिछले कई घंटों से रो रहा था। उसके कपड़े भी मैले और बिखरे हुए लग रहे थे।

"क्या हुआ फेस्टर?" मि. बिंक्स ने पूछा

"कुछ नहीं! कुछ नहीं!" यह कहते हुए फेंस्टर मुड़ गया। "आइए, मि. बिंक्स एक कप चाय लीजिए।"

जब फेंस्टर चाय बनाने लगा तो मि. बिंक्स उससे प्यार से बातें करने लगे। अचानक बूढ़ा जोकर जोर-जोर से रोने लगा।

"मि. बिंक्स! मुझे डॉक्टर ने काम छोड़ने को कहा है। यह मेरा घर है। मैं सर्कस नहीं छोड़ना चाहता।" वह रोने लगा।

मि. बिंक्स ने उसकी पीठ थपथपा कर कहा, "चलो, बाहर घूमने चलें।" फेंस्टर को लगा कि मैनेजर उसकी बात को टाल रहे हैं। उन्हें उसकी परवाह नहीं है।

मैनेजर बोले, "फेंस्टर, मैं तुम्हें बताना चाहता हूं कि तुम सच कह रहे हो। यह सर्कस तुम्हारा घर ही है। हम सब तुम्हारा परिवार हैं। क्या तुम हमारे साथ रहना चाहोगे। तुम अपनी मर्जी से कोई भी काम करके, हमारी मदद कर सकते हो। तुम बच्चों, जानवरों और हमारी देख-रेख में अपना समय लगा सकते हो।"

यह सुन कर फेंस्टर फिर से रोने लगा पर इस बार उसके ये आंसू खुशी के थे।

केन और मिसेज जोंस

केन अपने कमरे में मुंह फुलाए बैठा था। उसे अभी-अभी अपनी शरारतों की वजह से पापा से डांट पड़ी थी। "जाओ, और जा कर इस बारे में सोचो, केन!" पापा ने उसे ड्राईंग रूम से बाहर भेजते हुए कहा था। उसने सुना कि पापा टूटी खिड़कियों और फूलों की बरबाद हो चुकी क्यारियों के लिए मिसेज जोंस से माफी मांग रहे थे।

"बूढ़ी चमगादड़ कहीं की!" केन ने सोचा। "पापा से मेरी शिकायत करती रहती है। मैंने उसकी खिड़की पर एक गेंद ही तो मारी थी! और उसे खोजने के लिए ही फूलों की क्यारियों के ऊपर से निकल गया था।"

उस रात, वह अपने कमरे में ही बैठा रहा। जब मम्मी ने खाना खाने के लिए बुलाया, तब भी वह बाहर नहीं निकला। "मैं उनको मजा चखाऊंगा।" उसने ढीठता से कहा।

सुबह तक उसे भूख लग आई थी और स्कूल भी तो जाना था। वह बस स्टॉप जाने के लिए बाहर आया पर अपने बाग में काम कर रही मिसेज जोंस को नमस्ते तक नहीं की।

"हुंह! इनके साथ ऐसा ही होना चाहिए।" उसने उनके पास से जाते हुए मुंह बनाया।

उस दिन, जब वह स्कूल से आया तो देखा कि पापा और मम्मी, मिसेज जोंस को गाड़ी में लिटा रहे थे। वे बहुत दुबली और कमजोर दिख रही थीं। "केन, तुम्हारा खाना मेज पर रखा है। हम जल्दी वापिस आ जाएंगे।" मम्मी ने कहा।

जब वे लोग वापिस आए, तो मिसेज जोंस उनके साथ नहीं थीं। वे अस्पताल में थीं और डॉक्टर उनकी देख-रेख कर रहे थे। केन को बहुत शर्मिंदगी महसूस हो रही थी। वह उनके बाग में कुदाल और फावड़ा ले कर चला गया। उसने सारी क्यारियां खोदीं और उन्हें सही तरह से संवार दिया। इसके बाद उसने घर आ कर, एक ग्रीटिंग कार्ड पेंट किया।

पापा ने उसे अगले दिन मिसेज जोंस को दे दिया। मिसेज जोंस उसे खोलते हुए मुस्कुराईं। उसमें लिखा था, "मिसेज जोंस! मुझे माफ कर दें। आप जल्दी घर जाएं।

केन की ओर से प्यार!"

जब मिसेज जोंस घर आईं तो केन ने उनका स्वागत किया। वे अपना संवरा हुआ बगीचा देख कर बहुत खुश हुईं। उन्होंने केन को गले से लगा लिया और एक बड़ी सी चॉकलेट भी खाने को दी।

गैरी का लंचबॉक्स

गैरी को उस दिन फिर से चिढ़ाया गया। जेनी उसके साथ ही बैठती थी। वह उसके लंचबॉक्स में झांका करती। गैरी को उसकी मम्मी सैंडविच के साथ गाजर या एक बर्गर और मिल्क शेक लंच के लिए देती थी।

जेनी की मम्मी हमेशा व्यस्त रहती इसलिए वह अपने लंचबॉक्स में रात का बचा खाना और चिप्स लाती। जेनी अक्सर गैरी को उसकी गाजर के टुकड़ों और सैंडविच के लिए चिढ़ाती।

"फिर से गाजरें ले कर आया है। लगता है कि तू अपनी मम्मी को छोटे गधे जैसा लगता है। तभी तो वे तुझे खाने के लिए गाजरें देती रहती हैं।" वह कहती।

बेचारा गैरी चुपचाप अपना खाना खाता रहता। वह जेनी की बात का कोई जवाब नहीं देता था। उसने कई बार अपनी मम्मी से कहना चाहा कि वे उसे गाजरों की बजाए, खाने के लिए कुछ और दिया करें पर वे हंस कर टाल जातीं और कहतीं, "हां बेटा! पर गाजरें सेहत के लिए अच्छी होती हैं।"

एक दिन मम्मी ने देखा कि गैरी ने सारी गाजरों के टुकड़े अपने बैग में रखे हुए थे।

"अरे! तुमने गाजर नहीं खाईं?" उन्होंने उससे पूछा

गैरी ने कुछ नहीं कहा। उसने अपनी गर्दन झुका ली। ऐसा कई दिन तक चलता रहा।

एक दिन उसकी मम्मी ने स्कूल की टीचर से बात की तो उन्होंने कहा कि वे कक्षा में इस बात की निगरानी करेंगी। उन्होंने जेनी को गैरी से कहते सुना, "अरे गैरी! गाजरें कहां हैं? क्या गधों ने गाजरें खाना छोड़ दिया?"

वे सब समझ गईं। उन्होंने यह भी देखा कि जेनी अपने लंचबॉक्स में रोज क्या खाना लाती थी।

"मिसेज हंट! क्या आप कल के लंच में दो बच्चों का खाना भेज सकती हैं?" उन्होंने अगले दिन गैरी की मम्मी से कहा। गैरी से कहा गया कि वह अपना खाना अपने पड़ोसी बच्चे के साथ मिल कर खाएगा।

अगले दिन उसके लंचबॉक्स में दो बर्गरों के साथ बहुत सारी गाजरों के टुकड़े रखे हुए थे। गैरी ने अपना लंचबॉक्स खोला और जेनी के आगे किया।

वह यह देख कर हैरान रह गई। उसने एक बर्गर और थोड़ी गाजरें ले लीं। फिर उसने भी अपना खाना गैरी को दिया। उस दिन के बाद उसने गैरी को कभी नहीं सताया। उसकी मम्मी भी उसे लंच में ताजे फल और फलों का रस देने लगीं।

मि. जैकब का टी.वी.

मि. जैकब ने नया टी. वी. खरीदा था और एक आदमी उसे उनके घर लगाने आ रहा था। उनके घर में बहुत चहल-पहल थी क्योंकि इससे पहले उनके पास टी.वी. नहीं था।

जब टी.वी. लगाने वाला व्यक्ति आया तो सारे परिवार ने उसका स्वागत किया। श्रीमती जैकब, माइक, जूडी और डोरा अपने कुत्ते बंपर के साथ दरवाजे पर ही मिले।

श्रीमती जैकब ने उसे बताया कि टी.वी. कहां रखना था। माइक को उससे हजारों सवाल पूछने थे। जूडी भी हैरानी से सब कुछ देख रही थी। डोरा अजीब आवाजें निकाल रही थी और बंपर अपने नाम के अनुसार, कमरे में उछल-कूद कर भागते हुए चीजें गिरा रहा था।

जब मि. जैकब घर आए तो देखा कि मैकेनिक हाथ में चाय का बड़ा सा कप लिए मेज के पास बैठा था और माइक उससे तरह-तरह के सवाल पूछे जा रहा था। मैकेनिक थका हुआ लग रहा था।

मि. जैकब बोले, "मि. विलियम! आपने बहुत बढ़िया काम कर दिया।"

"धन्यवाद महाशय! क्या अब मैं जा सकता हूं?"

"क्यों नहीं, पर पहले अपनी चाय तो पी लें।"

"अरे! यह तो मेरा पांचवां कप है। मैंने तीन घंटे पहले ही टी.वी. सैट कर दिया था।" विलियम ने झेंपते हुए कहा।

"फिर क्या हुआ?" मि. जैकब ने पूछा।

"आपका कुत्ता! वह मुझे जाने ही नहीं दे रहा।" विलियम ने इस तरह कहा जैसे कोई स्कूली बच्चा शरारत करते हुए पकड़ा गया हो। "वह मेज के नीचे बैठा है। ज्यों ही मैं उठने लगता हूं तो वह मुझे पैंट से पकड़ लेता है।"

सारा परिवार जोर-जोर से हंसने लगा और बंपर के साथ उसे घर के बाहर छोड़ने आया। जब बंपर ने विलियम को जाते हुए देखा तो वह पूंछ हिलाने लगा।

पीला इंजन

रॉडी कुछ समय पहले ही अपनी आंटी थेरेसा के पास रहने आया था। वह नेकदिल महिला थी पर उसकी कोई संतान नहीं थी इसलिए उसे पता नहीं था कि उसे रॉडी को कैसे खुश रखना चाहिए।

रॉडी ने कुछ समय पहले ही, कार दुर्घटना में अपने माता-पिता को खो दिया था। वह बहुत उदास महसूस कर रहा था। वह बहुत कम बोलता था। आंटी थेरेसा ने उसे नए स्कूल में डाल दिया और नए कपड़े और किताबें भी ले दीं। उन्होंने उसे रहने के लिए अलग कमरा भी दिया।

वह सारा दिन अपने कमरे में कोई किताब पढ़ता या खिड़की से बाहर देखता रहता। उसे अपनी मम्मी और डैडी की बहुत याद आती थी।

एक दिन, आंटी थेरेसा को लाईब्रेरी जाना था। रॉडी का स्कूल बंद था इसलिए वे उसे अपने साथ ले गईं। लाईब्रेरी शहर में थी जिसके लिए रेलगाड़ी में बैठ कर जाना पड़ता था। आंटी थेरेसा ने रॉडी का हाथ थाम कर स्टेशन में कदम रखा।

रॉडी ने इससे पहले इतना बड़ा मैट्रो स्टेशन कभी नहीं देखा था। वह तो वहां के दृश्य और आवाजों पर मोहित हो गया। उसने आंटी को टिकट खरीदते और फिर उनसे दरवाजा खोलते देखा। वहां चारों ओर लोग आ-जा रहे थे। गाड़ियों के दरवाजे झट से बंद होते और वे आगे निकल जातीं!

आंटी थेरेसा देख सकती थीं कि रॉडी को बहुत मजा आ रहा था। उसकी आंखें चमक रही थीं। जब उन्होंने अपना काम खत्म कर लिया तो वे उसे खिलौनों की दुकान में ले गईं। वहां उन्होंने कुछ चीजें खरीदीं।

रॉडी ने घर आ कर अपना सामान खोला। उनमें पटरियों सहित रेलगाड़ी, सुरंग और पीले रंग का इंजन भी था। घर और पुल बनाने के लिए लेगो सेट भी था।

रॉडी ने वह सब देखते ही, आंटी को गले से लगा लिया, "धन्यवाद! आंटी टेसी।" उसने कहा। थेरेसा को भी किसी ने इस तरह गले से लगा कर टेसी नहीं कहा था। उनका दिल बहुत खुश हुआ। उन्होंने भी नन्हे बच्चे को गले से लगा लिया। अब रॉडी को अपना घर मिल गया था।

पैट्रिक और कछुआ

"जल्दी आओ, पैट्रिक! ये क्या है?"

पैट्रिक को उसकी मम्मी बुला रही थी। वह जानता था कि अब वह मुसीबत में था। उसने बाग से कुछ घोंघे जमा कर लिए थे। वे बड़े मजे से उसके पलंग पर घूम रहे थे और अपने पीछे रूपहली सी लाइन बनाते जा रहे थे।

"इन्हें अभी बाहर निकालो, जल्दी।" मम्मी ने कहा।

"पर मम्मी...।" पैट्रिक ने कहना चाहा।

"ये चादरें कौन साफ करेगा? या तुम इनके साथ ही सोना चाहते हो?" मम्मी ने तेज आवाज में कहा। "दो कुत्ते, एक तोता, एक उल्लू, तीन खरगोश और एक छोटा सूअर। तुम्हें हो क्या गया है?" उन्होंने डपटा।

"अच्छा! अच्छा! जा रहा हूं।" उसने कहा और घोंघों को बाहर रखने चल दिया। वह बहुत उदास था। उसकी मम्मी उसके मन की बात नहीं समझती थी।

मिसेज पर्किंस अच्छी तरह समझती थीं कि उनका बेटा घर में ही जो नन्हा चिड़ियाघर बनाता जा रहा है, उन सब जानवरों के लिए खाना पकाने और साफ-सफाई करने का सारा जिम्मा उन पर ही आएगा।

अगले ही दिन उनका पूरा परिवार पिकनिक मनाने निकला। मम्मी ने अपने बेटे को इजाजत दे दी कि वह सारे जानवरों को साथ ले जा सकता है।

"बस अब हमें एक बकरी और चाहिए।" वे चिढ़ कर बोलीं।

वह बहुत अच्छा दिन था। पिकनिक बढ़िया रही। जब वे वापिस आ रहे थे तो मि. पर्किंस ने गाने सुनाए। वे बहुत खुश थे। अचानक उन्होंने ब्रेक लगा दिए।

अचानक हैडलाइट की रोशनी में एक छोटा जानवर सड़क पार करता दिखा। पैट्रिक झट से कार से बाहर निकला और उस नन्हे जीव को उठा लिया। वह तो एक कछुआ निकला।

वह उसे ले कर मम्मी के पास गया और उनसे विनती करने लगा कि वे कछुए को घर ले जाने दें।

मम्मी ने हंसते हुए कहा, "अच्छा बाबा! इसे घर ही ले चलो। इसे कोई कार कुचल दे या कोई मार दे। उससे तो बेहतर होगा कि यह तुम्हारा पालूत बन जाए। इस तरह टॉमी कछुए को अपना घर मिल गया।"

आओ गीत गाएं

स्कूल में इंटर स्कूल प्रतियोगिता के लिए समूह-गान की तैयारी चल रही थी। उसके लिए सबसे बेहतर गायकों को चुना जाना जरूरी था। पर हैरी की मम्मी ने सबको परेशान कर रखा था। वे लगातार अध्यापिकाओं के पीछे पड़ी थीं कि हैरी को भी दल में शामिल किया जाए।

यह बड़े ही गंभीर हालात थे क्योंकि हैरी को गाना बिल्कुल नहीं आता था। उसकी आवाज मेंढक की तरह और बहुत तेज थी। उसे किसी भी तरह गायकों के दल का हिस्सा नहीं बनाया जा सकता था। उसकी मम्मी को लगता था कि उसका बेटा बुलबुल की तरह गाता है।

आखिरकर गायकों को चुने जाने का दिन भी आ गया। हर बच्चे को गाना गा कर अपना टेस्ट देना था। हैरी की मम्मी भी ऑडीटोरियम में बैठी अपने बेटे को प्यार से निहार रही थी। वह उसकी बारी आने के इंतजार में थी। अध्यापिकाओं ने एक-दूसरे को मायूसी से देखा।

"हम इसकी मम्मी से अपनी जान कैसे छुड़ा सकते हैं?" हैडमास्टर ने हौले से कहा।

संगीत के टीचर ने कहा, "मैं इसे किसी भी हाल में अपने समूह में नहीं ले सकता। इसकी आवाज बहुत बेसुरी है।"

"तो इसे चुप कैसे करवाया जाए?"

"सर! मुझे तो कोई उपाय नहीं दिखता।" संगीत के टीचर ने कहा।

टेस्ट होने लगे और जो बच्चे बहुत अच्छा गा रहे थे, उन्हें प्रतियोगिता में गाने के लिए चुना जाने लगा। इसके बाद हैरी की बारी आई। वह स्टेज पर दमकते हुए आया और उसकी मम्मी ने उसे देख कर हाथ हिलाया। उसने गाने के लिए मुंह खोला। पर कोई आवाज नहीं निकली।

खामोशी!

टीचरों ने एक-दूसरे को देखा। उन्हें तो समझ नहीं आ रहा था कि ये कमाल कैसे हो गया। हैरी की मम्मी खड़े हो कर चिल्लाने लगी।

"आप लोगों ने मेरे बेटे को क्या कर दिया? आपने उसे गूंगा बना दिया है।" जब वह चीख-चिल्ला कर बेहोश हुई, तब तक सब बच्चों का चयन हो चुका था। संगीत के टीचर ने हैरी को बुला कर पूछा, "हैरी! तुमने ऐसा क्या किया था?"

हैरी बोला, "मैंने तो वही टॉफी खाई थी जो मम्मी ने दी थी। उसे खा कर मेरी आवाज ही बंद हो गई।" हैरी ने दुखी मन से कहा।

बेचारा हैरी! आजकल वह स्कूल के बैंड में ड्रम बजाता है। उसे अपनी मम्मी की लापरवाही की सजा मिल रही है।

पतंग

मोहन के पास नई पतंग थी – लाल और गुलाबी पूंछ वाली हरे रंग की पतंग। यह सचमुच बहुत सुंदर थी और आकाश में उड़ान भरने को तैयार थी। मोहन छत पर अपने दोस्तों के साथ पतंग उड़ाने के नाम पर बहुत खुश था। सभी के पास पतंग थी पर उसकी पतंग सबसे सुंदर दिख रही थी।

उस दिन पतंगों का त्योहार था। आकाश में ढेर सारी रंग-बिरंगी, नमूनों वाली सैंकड़ों पतंगें दिखाई दे रही थीं। हवा में लहराती-बलखाती पतंगों को देखने का आनंद ही निराला था। कभी-कभी कोई पतंग कटती और किसी पेड़ या तारों के बीच जा कर अटक जाती।

जब कोई किसी की पतंग काटता तो चारों ओर हो-हल्ला और शोर सुनाई देने लगता। लड़के घरों की छतों और सड़कों पर, कटी हुई पतंगें लूटने के लिए भागते दिखाई देते। ऐसा लगता था मानो कोई लड़ाई छिड़ी हो।

अचानक मोहन की नजर अपने पड़ोसी की छत पर गई। वहां एक छोटा सा लड़का दीवार की टेक लगाए बैठा था। उसके पास कोई पतंग नहीं थी। वह चेहरे से भी बहुत मायूस लग रहा था। मोहन ने अपनी पतंग दोस्त को थमाई और दूसरी छत पर भाग कर चला गया। उस लड़के ने ऊपर देखा। उसका चेहरा धूल और आंसुओं से भरा था।

"क्या हुआ?" मोहन ने उसके पास बैठते हुए पूछा।

"मेरा नाम जितेन है। मैंने पतंग खरीदने के लिए कुछ पैसे जमा किए थे पर जब मैं बाजार गया तो पता चला कि मेरी जेब फटी हुई थी और सारे पैसे कहीं गिर गए।"

मोहन ने जितेन को उठने के लिए अपना हाथ दिया।

"आओ, मेरे साथ चलो। मेरे पास एक पतंग है। हम दोनों मिल कर उसे उड़ाएंगे।" अचानक जितेन का चेहरा दमक उठा। उसने अपना चेहरा साफ किया और भाग कर मोहन की छत पर चला गया। उसे पतंग से कुछ बेहतर मिल गया था। उसे अपने लिए नया दोस्त मिल गया था। मोहन ने उसके साथ खूब मजे से पतंगबाजी की।

कप्तान का मैडल

पांच बजे से बारिश हो रही थी। किसी ने भी सूरज को डूबते हुए नहीं देखा और अब अंधेरा हो गया था।

सैनिक खाई में बैठे, दुश्मनों के आने की राह देख रहे थे। उनमें से दो बुरी तरह से घायल थे और कप्तान हॉवर्ड की मौत हो चुकी थी। अब बाकी लोगों को किसी तरह बेस कैंप तक जाना था ताकि अपने दल से मिल सकें।

सार्जेंट एडवर्ड स्मिथ ने हौले से गहरी सांस ली और यही सोचा कि कहीं वह आवाज भी दुश्मन तक न चली जाए। उसने दो सैनिकों को संकेत किया कि वे लोग पिछली ओर से बाहर निकलना शुरू करें।

बेमन से, उन दोनों ने बाकी सबको संकेत किया और वे सब धीरे-धीरे रेंगने लगे। उन्होंने यह ध्यान रखा कि किसी के भी जूतों, राइफल या किसी

और चीज की वजह से कोई आवाज न हो। वे लोग कीचड़ से होते हुए फिसलते जा रहे थे। जब वे खाई से बाहर आ गए तो एडवर्ड स्मिथ भी निकल आए।

अचानक उस इलाके में रोशनी हो गई। वे लोग कीचड़ में छिप कर, सांस रोक कर लेट गए। उनके शरीरों के ऊपर से भी रोशनी निकली पर दलदल में लिपटे शरीरों को पहचाना नहीं जा सका। जब रोशनी बंद हो गई तो उन्होंने कुछ देर इंतजार किया ताकि उनकी आंखें अंधेरे में देखने की आदी हो जाएं। वे धीरे-धीरे बेस कैंप की ओर रेंगने लगे। वे थका देने वाले तनाव से भरे चार घंटों के बाद अपने बेस कैंप पहुंचे।

एडवर्ड स्मिथ ने अपने कर्नल को रिपोर्ट की और आधे घंटे में ही ताजे दल को दुश्मनों से लड़ने भेज दिया गया। यह देखा गया कि उस रात एडवर्ड स्मिथ ने अपने दल के तेईस जवानों को दुश्मन के हाथों बेमौत मरने से बचा लिया। उन्होंने अपने से बड़े अफसर के मरने के बाद भी अच्छी तरह से कमान संभाली थी।

जब उन्हें उनकी बहादुरी के लिए मैडल दिया गया तो उन्होंने उस मैडल को कप्तान हॉवर्ड की कब्र पर रख कर, उनके लिए अपना सम्मान प्रकट किया।

स्थानीय स्पाइडरमैन

डाइनिंग टेबल के आसपास छह कुर्सियां रखी थीं। सारा कमरा खाली था। मम्मी बाजार गई हुई थी। टिमोथी को लगा कि इससे अच्छा मौका तो कोई हो ही नहीं सकता था।

"मैं एक स्पाइडर हूं और आज अपना जाल बुन रहा हूं।" टिमोथी ने कहा। उसे रसोई से सुतली के दो बड़े बंडल मिल गए थे। फिर वह सुतली को कुर्सियों की टांगों, सोफों, आरामकुर्सियों, छोटी मेजों और खिड़कियों के बीच से घुमाते हुए निकालने लगा। इस तरह देखते ही देखते, सारे कमरों में सामान के बीच पतली रस्सी का जाल सा बन गया।

टिमोथी को एक स्पाइडर की तरह खेल कर बहुत मजा आया। उसने कुशन को मक्खियां बना लिया था, जिन्हें स्पाइडर ने पकड़ना था। अचानक दरवाजे की घंटी बजी। उसने उठना चाहा पर वह उस जाल से निकल ही नहीं पा रहा था।

दरवाजे की घंटी फिर से बजी। एक बार और बजी। वह बाहर से मम्मी की आवाज सुन सकता था। वह जोर से चिल्लाया, "मम्मी, मैं यहीं हूं पर दरवाजा खोलने नहीं आ सकता।"

"हे भगवान! मेरा टिमोथी कहीं फंस गया है। बचाओ, बचाओ, कोई मेरे बच्चे को बचाओ। हमारी मदद करो।" उसकी मम्मी रोने लगी।

बाहर से और लोगों की आवाजें भी आने लगीं। अचानक टिमोथी को साइरन सुनाई देने लगा। दरवाजा तोड़ा गया और बहुत सारे लोग दनदनाते हुए भीतर आ गए। मम्मी अंदर आईं तो उनका चेहरा आंसुओं से भीगा हुआ था। पापा भी ऑफिस से वापिस आ गए थे और बहुत परेशान दिख रहे थे।

सारे वहीं आ कर खड़े हो गए। उन्होंने देखा कि टिमोथी पतली रस्सी के जाल में उलझा बैठा था। आग बुझाने वाले, पुलिस वाले और पड़ोसी जोर-जोर से हंसने लगे। पापा ने भी टिमोथी को देख कर दांत निकाले।

"बेटा जी! मुश्किल में तो अब फंस गए हो।" उन्होंने मम्मी के चेहरे को देखते हुए कहा। वे बहुत गुस्से में दिख रही थीं। उन्होंने सुतली काटने के लिए कैंची निकाल ली।

"दिमाग खराब हो गया है? तुम कर क्या रहे थे? बेवकूफ बच्चे के लिए इतने लोगों को परेशान करना पड़ा। तुम ठहर जाओ, मैं अभी मजा चखाती हूं।"

टिमोथी मम्मी के पास दौड़ा और भाग कर उनके गले लग गया। वे भी उसे गले से लगा कर रोने लगीं।

प्रतियोगिता

स्कूल की घंटी जोर से बजी और सारे लड़के चीखते-चिल्लाते और एक-दूसरे को धकियाते बाहर की ओर आने लगे। वे सब कक्षाओं से बाहर आ कर बहुत खुश थे। बेन ने डिम और जिमी को बाहर आते देखा। वे सब एक साथ ही जाते थे क्योंकि उनके घर पड़ोस में ही थे।

"अरे! मजेदार खेलों की एक प्रतियोगिता होने वाली है।" डिक ने कहा।

"यह तो बढ़िया है। हम भी कोई तैयारी कर लेते हैं।" बेन बोला।

"चलो, मेरे घर चल कर कुछ सोचते हैं।" जिमी ने कहा

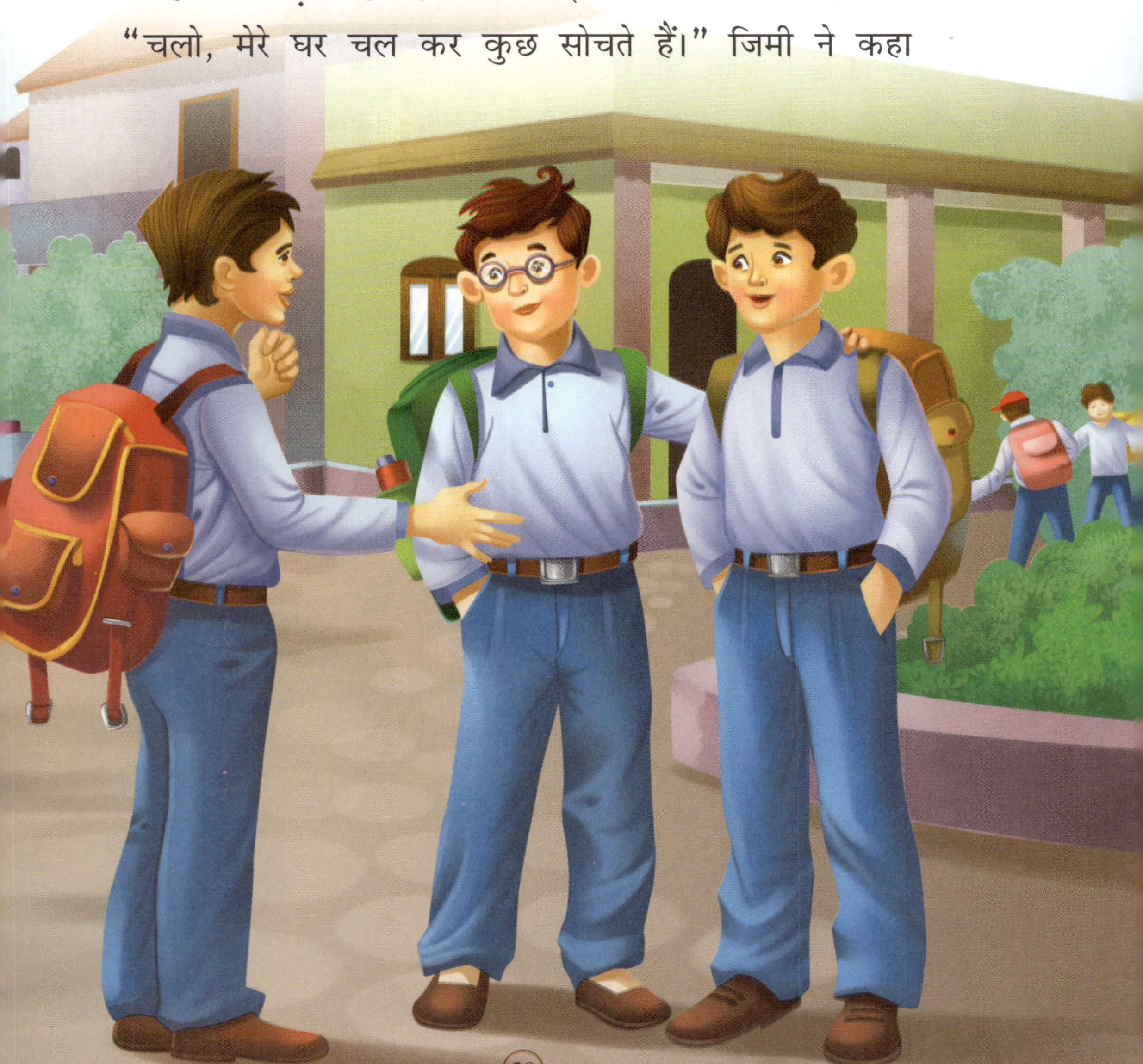

सारे लड़के जिमी के घर बैठ कर, आने वाले खेलों की योजना बनाने लगे।

तीन सप्ताह बाद प्रतियोगिता का आयोजन हुआ। एक साइकिल दौड़ होने वाली थी जिसमें दस बच्चों ने हिस्सा लेना था। बाकी बच्चे जोर-जोर से चिल्ला कर उनका उत्साह बढ़ाने लगे। अचानक वहां शोरगुल मच गया।

तीन गधे अचानक उस दौड़ के बीच शामिल हो गए। साइकिल सवार आपस में टकरा कर गिरने लगे। उन तीन गधों पर बेन, डिक और जिमी सवार थे।

टीचर आगे की ओर भागे ताकि साइकिलों से गिरे बच्चों को चोट लगने से बचाया जा सके।

दो टीचरों ने गधों को भी रोकना चाहा पर वे किसी की कहां सुनते थे। जब दौड़ खत्म हुई तो डिक सबसे आगे था। वे लोग घास पर लेट कर ठहाके लगाने लगे। इस दौरान उनके गधे आराम से खड़े घास चबाते रहे।

लड़कों को हैडमास्टर मि. विल्सन के पास ले जाया गया। उन्होंने उन्हें कड़ी निगाहों से घूरा। लड़के सिर झुकाए खड़े थे।

"क्यों लड़कों, क्या कहना चाहते हो?" हैडमास्टर ने तेज आवाज में कहा।

"जी...इन खेलों का नाम फन गेम्स था इसलिए हमने थोड़ा फन यानी मौज-मस्ती...।"

सारे लड़के मुस्कुरा रहे थे। तभी हैडमास्टर के चेहरे पर भी मुस्कान खेल गई।

"बदमाश कहीं के! आज के बाद ऐसी शरारत मत करना। चलो भागो यहां से!"

हैडमास्टर जी ने सबको वापिस भेज दिया।

भूतिया गुफा

बेनी और मेनी छुट्टियां मनाने के लिए घर आए हुए थे। कुछ ही दिन बाद उनका दोस्त डीन भी आ गया। वह अपने साथ अपना टैरियर कुत्ता जिंगो भी लाया था।

मम्मी ने उन सबको सैंडविच और सेब पैक करके दे दिए। उस दिन वे पहाड़ों में खेले, घास पर लेटे और चट्टानों पर चढ़ने का अभ्यास किया। उनकी सुबह मजे से बीती। जिंगो को भी झाड़ियां और खरगोशों के बिल देखने में बहुत मजा आ रहा था।

"अरे जिंगो कहां गया?" डीन ने अचानक अपने दोस्तों से पूछा।

वे लोग जिंगो को खोजने लगे। जाने कहां चला गया था। अचानक कहीं से भौंकने की हल्की सी आवाज सुनाई दी। वे किसी तरह पहाड़ी पर गए तो वहां एक गुफा दिखाई दी। जिंगो फिर से भौंका।

"वह बाहर क्यों नहीं आ रहा?" मेनी ने कहा।

"आओ, चल कर देख लेते हैं।" बेनी ने सलाह दी।

अचानक बेनी ने चलते-चलते बड़ी सी छड़ी उठा ली।

वे लोग चुपचाप गुफा की ओर बढ़े। अंदर जाते हुए अंधेरा बढ़ता जा रहा था। उन्होंने जिंगो की आवाज सुनी और एक-दूसरे को देखा। तभी कपड़ों की सरसराहट की आवाज गुफा में गूंज उठी।

डीन ने बेनी का हाथ थाम लिया। उन्हें कुछ दिख नहीं रहा था पर आवाजें आनी जारी थीं। बीच-बीच में जिंगो की थोड़ी सी आवाज सुनाई दे जाती थी। "तुम्हें क्या लगता है, यहां अंदर क्या होगा?" मेनी ने हौले से पूछा।

बाकी दोनों ने अपनी गर्दनें हिलाईं। मामला डरावना होता जा रहा था। अचानक डीन ने एक ओर इशारा किया। वहां दीवार के पास हल्की रोशनी दिखाई दे रही थी।

बेनी बोला, "सावधान, संभल कर!" वहां से एक साया हिला और लड़के वहीं थम गए। "क्या भूत लग रहा है?" डीन बोला।

सारे दोस्तों को यही लग रहा था कि वहां कोई भूत है। तभी उस रोशनी में एक बड़ी सी आकृति दिखने लगी। जिंगो कूद कर उनके पास आया और वे उसे उठा कर बाहर की ओर लपके। उनके पीछे से भारी कदमों की आहट सुनाई दे रही थी। उन्होंने डर कर देखा तो एक भिखारी दिखाई दिया।

वह बोला, "अरे! तुम लोगों ने तो मुझे डरा ही दिया। यह कुत्ता वहां ऊंचाई पर फंस गया था। मैं इसे ही निकाल रहा था।"

डीन बोला, "हाय! मुझे तो लगा था कि वहां कोई भूत है।"

"हां, हमें भी यही लगा था।" बाकी दोनों भी एक साथ बोले। फिर सब जोर-जोर से हंसने लगे। उन्होंने उस आदमी को धन्यवाद दिया और जिंगो को ले कर वापिस आ गए।

मि. लोरी की दुकान

मि. लोरी ने अपनी दुकान खोली और दो लड़कों के साथ साफ-सफाई करने लगे। उन्होंने उन्हें अपने यहां काम करने के लिए रखा हुआ था। सुबह के दस बज गए थे। यह एक छोटा सा जनरल स्टोर था और शेल्फों पर सारा सामान बिखरा हुआ था।

"मि. लैरी! चाय के इस पैकेट में छेद है।" मुरे ने कहा।

"इसे एक कोने में रख दो। हम सारे खराब सामान की लिस्ट तैयार करेंगे और इसे बदलवा लेंगे।" उन्होंने कहा।

वे अक्सर मंगलवार को नया सामान लाने के लिए बाजार जाते थे।

उन्होंने बाजार जाते हुए लड़कों से कहा, "अच्छा! दुकान का ध्यान रखना।"

बॉबी नाम का लड़का उनके जाने की राह देख रहा था। ज्यों ही वे दुकान से निकले, वह सीटी बजाता हुआ दुकान में आ गया। बिल और मुरे ने एक-दूसरे को देखा। बॉबी अक्सर उनकी दुकान में आ कर तंग करता था।

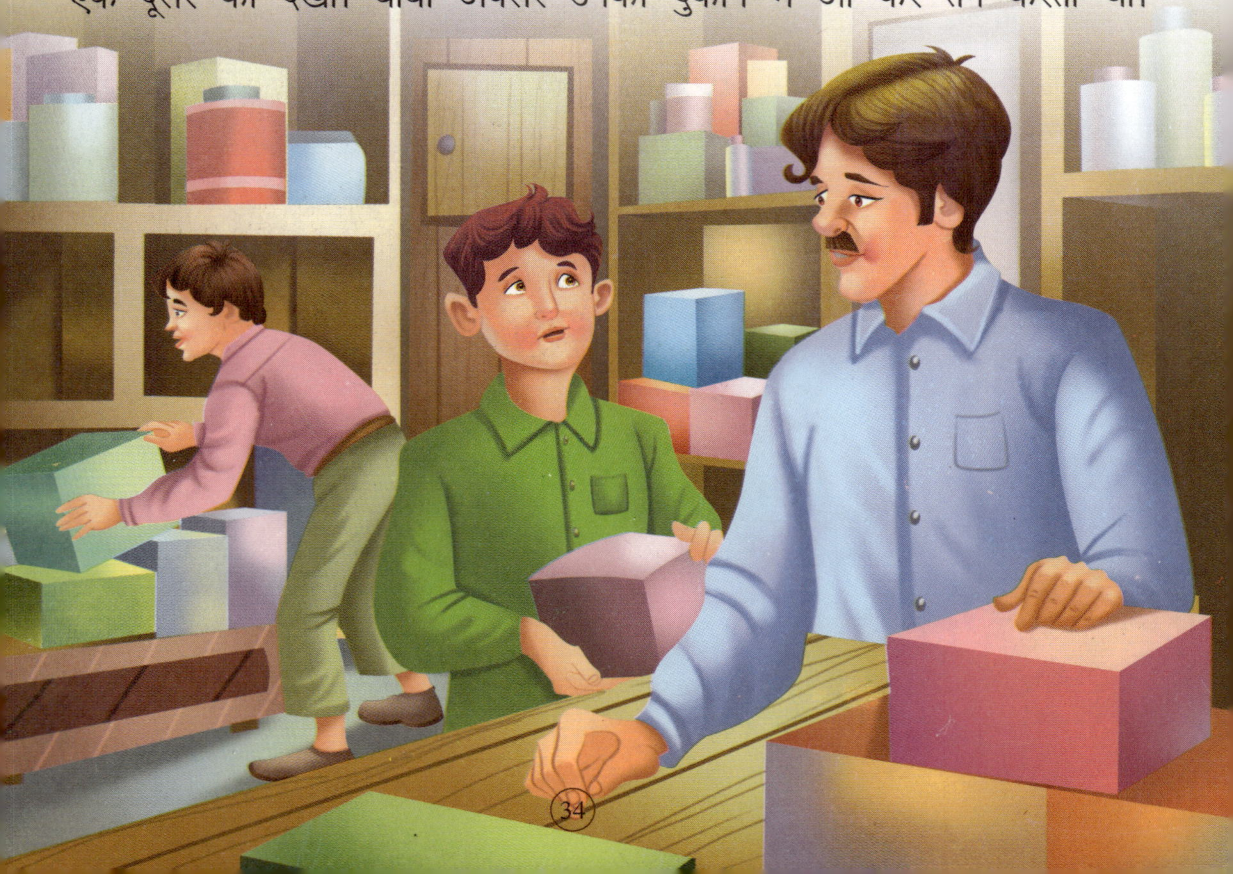

"हाय! क्या तुम लोगों के पास कुछ उबली हुई मिठाई होगी?" बॉबी ने काउंटर तक उचकते हुए पूछा।

"बॉबी! क्या तुम पैसे लाए हो?" बिल ने विनम्रता से पूछा।

"अरे हां, मैं मिठाई का बैग, तीन लॉलीपॉप, और ये वाली चॉकलेट लेना चाहूंगा।" बॉबी बोला

"ठीक है, इतने सामान के लिए कुल तीस रूपए देने होंगे।" मुरे ने कहा।

बॉबी ने अपनी जेब में पैसे टटोले और उनकी ओर देखने लगा।

"लगता है किसी ने मेरी जेब काट ली।" ज्यों ही वह थैले की ओर लपका। बिल और मुरे ने उसे वहीं दबोच लिया। बॉबी किसी तरह छूट कर, दरवाजे तक जाने में कामयाब रहा पर मुरे ज्यादा तेज था।

उसने बॉबी को पकड़ लिया। इसी धर-पकड़ के बीच दुकान में बहुत सारे खाने के पैकेट और केन लुढ़क गए थे। कुछ ही देर में मि. लोरी वापिस आ गए। उन्होंने देखा कि सारी दुकान बिखरी हुई थी। बॉबी को एक कुर्सी पर बांध कर बिठाया गया था। मुरे और बिल दुकान को संभालने की कोशिश कर रहे थे। लोरी, "बॉबी तुमने फिर से शरारत की?" वे जोर से बोले।

"हैलो डैड। इस बार तो मैंने जिमी से शर्त लगाई थी कि मैं आपकी दुकान से मुफ्त में माल ला सकता हूं या नहीं।" इतना कह कर बॉबी खीसें निपोरने लगा। मि. लोरी, बिल और मुरे को भी हंसी आ गई।

पवित्र नदी

बहुत समय पहले की बात है, तीन दोस्त किसी शहर में रहते थे। वह शहर एक नदी किनारे बसा था। उनमें से एक सिपाही, दूसरा धनी व्यापारी और तीसरा कुम्हार था।

वे लोग हर रोज रात के खाने के समय मिलते। समय बीतने के साथ-साथ व्यापारी बहुत अमीर हो गया।

"क्या तुम्हें नहीं लगता कि तुम्हें अपने जैसे पैसे वाले शहरी लोगों से दोस्ती करनी चाहिए?" उसकी पत्नी ने पूछा।

कुम्हार ने उसकी पत्नी की बात सुन ली और उसके दिल को बहुत दुख हुआ। उसने यह सब सिपाही को बताया। उन दोनों ने व्यापारी के घर जाना छोड़ दिया। व्यापारी को एहसास हो गया कि कोई न कोई गड़बड़ तो थी। वह सिपाही के घर गया तो पति-पत्नी की बात सुनी।

सिपाही की पत्नी बोल रही थी, "मुझे तो लगता है कि व्यापारी की पत्नी सही कह रही है। वह अपना सारा पैसा तुम पर क्यों खर्च करे?"

इसके बाद वह कुम्हार के घर गया तो उसने सुना कि कुम्हार अपनी पत्नी से कह रहा था, "मैं मानता हूं कि वे मेरे दोस्त हैं पर मैं उन पर बोझ तो नहीं बन सकता।"

व्यापारी एक पेड़ तले जा बैठा और इस बारे में बहुत देर तक सोचता रहा। वे लोग बचपन से ही अच्छे दोस्त थे और बहुत नेक इंसान थे।

"मैं अपनी पत्नी को नीचा नहीं दिखा सकता पर ऐसा कोई उपाय करना होगा ताकि मेरे दोस्तों के मन को दुख भी न हो।" उसने सोचा।

उसने सोने, लोहे और मिट्टी से बना एक-एक बर्तन लिया। उनमें नदी से पानी भरा और उन्हें अपने घर ले गया। उसने उस रात अपने दोस्तों को उनकी पत्नियों सहित खाने पर बुलाया।

जब वे खाना खा चुके तो उसने सबको उन तीनों बर्तनों से तीन-तीन गिलास पानी दिए और पूछा कि सबसे ठंडा पानी किस बर्तन का है। उसकी पत्नी बोली, "मिट्टी के बर्तन का पानी सबसे ठंडा है।"

सिपाही की पत्नी बोली, "सोने का बर्तन तो दिखावे का होता है। "लोहे के बर्तन को जंग लग जाएगा।" कुम्हार की पत्नी ने कहा।

"देखा। हर बर्तन का अपना स्थान है। दोस्त भी बर्तनों की तरह होते हैं। पर दोस्ती तो एक ही पवित्र नदी से आती है।" व्यापारी ने कहा। उसकी पत्नी को अपनी गलती का एहसास हो गया था। उसने सबसे माफी मांग ली।

म्यूजियम में चोर

म्यूजियम की बत्तियां बंद हो चुकी थीं और बरामदों में गश्त लग रही थी। गार्ड के कमरे में बैठा दरबान, अपने मॉनीटर को देख रहा था। उस पर सारे कमरों की तस्वीरें आ रही थीं, जिनमें क्लोज सर्किट कैमरा लगाए गए थे। इस तरह वह एक जगह से सारे कमरों की निगरानी कर सकता था।

चोर पिछले चार दिन से, दिन में म्यूजियम में चक्कर लगा रहा था ताकि सारी पेंटिंग्स को देख कर तय कर सके कि उसे क्या चुराना है। उसने सारे कमरों को ध्यान से देखा और यह पता लगाना चाहा कि सुरक्षा के क्या इंतजाम किए गए थे।

उसने आखिरी दर्शक के वापिस जाने का इंतजार किया। इसके बाद वह सीढ़ियों के पास बनी अलमारी में चुपचाप खड़ा रहा। वहां साफ-सफाई करने वाले झाड़ू वगैरह रखे जाते थे। उसने एक लंबा सा गाउन पहना और लेडीज हैट अपने सिर पर डाल लिया।

उसे अच्छी तरह पता था कि बरामदे में कैमरा किस जगह लगाया गया था। ज्यों ही उसने दरबान के कदमों की आहट को दूर होते हुए सुना। वह झट से अलमारी से बाहर आ गया। वह धीरे-धीरे चलते हुए, महिलाओं के शौचालय की ओर चल दिया। उसे पता था कि केवल उसी जगह पर कैमरे नहीं लगाए गए।

एक बार फिर, कुछ देर छिपने के बाद वह बाहर आया और अपनी मंजिल की ओर चल दिया। जब किसी के कदमों की आहट आती तो वह वहीं दुबक जाता। इसी तरह वह उस कमरे तक आ गया। जहां वह पेंटिंग रखी थी, जिसे वह चुराना चाहता था।

उसने अपनी मास्टर की से दरवाजा खोला और अंदर चला गया। उसने बरामदों से आते हुए अलार्म बंद कर दिए थे। वह पेंटिंग की ओर भागा और उसे अपने हाथों में उठा लिया।

"शुक्र है, इसका आकार बड़ा नहीं है।" उसने सोचा और उसे अपने गाउन में छिपा लिया। फिर बाहर पहुंचने के बाद, गाउन और हैट भी उतार दिया और बड़े गेट की ओर लपका। ज्यों ही उसने कदम बाहर रखा। दो तगड़े दरबानों ने उसे कॉलर से पकड़ लिया।

वह उन्हें देख कर दंग रह गया।

"तुम जहां झाड़ू की अलमारी में छिपे खड़े थे। वहां भी कैमरा लगा था।" एक दरबान ने उसे बताया। इसी बीच पुलिस की गाड़ी का सायरन भी सुनाई देने लगा था।

हिट मूवी

इस मूवी में एक घुमक्कड़ लोक गायक को दिखाया गया था। फिल्म बनाने वाले ने रेगिस्तान में एक धूल से भरे गांव को शूटिंग के लिए चुना था। गांव वालों को उनके रोल समझा दिए गए। बहुत सारी भीड़ दिखाने के लिए उन सबकी जरूरत थी। वे लोग बहुत उत्साहित थे।

आर्चर को लोक गायक का रोल दिया गया था। जेसन उसके मूर्ख साथी की भूमिका में था। इस फिल्म में बहुत सारे गाने और संगीत था। गांव वाले कैमरे के पास जमा हो जाते और उन्हें वहां से हटाना पड़ता।

फिल्म की हीरोइन मिस मोना वहां आई तो वह धूल, गर्मी और पसीने की वजह से नाक-मुंह सिकोड़ने लगी।

"भीड़ को परे हटाओ।" उसने ऐलान किया।

"मैडम! ये भी फिल्म का हिस्सा हैं।" उन लोगों ने मिस मोना को समझाना चाहा।

वह मुंह चिढ़ा कर एक ओर बैठ गई। गांव वाले उसे एक नजर देखने के लिए एक-दूसरे को धक्का देने लगे।

गर्मी बढ़ती जा रही थी और सहायक तौलियों और पगड़ियों से अपना मुंह ढक कर, डाकुओं जैसे दिखाई दे रहे थे। अचानक वहां शोर मच गया। जेसन बेहोश हो गया था।

सारी यूनिट मदद करने के लिए भागी। गांव वाले भी आगे आ गए। स्पॉट ब्वाय को पास वाले शहर से कुछ दवाएं खरीदने भेजा गया। गांव वाले चिल्लाए, "किसी हकीम को बुलाओ।" एक गांव वाला अपने साथ किसी दुबले से आदमी को ले कर आ गया। उसे जेसन के पास लाया गया। वह जेसन की जांच करने लगा हालांकि डायरेक्टर को उस पर भरोसा नहीं हो रहा था।

"मुझे यकीन है। यह आदमी तो जेसन को मार देगा।" मिस मोना ने धीरे से कहा।

"मोना! फालतू बोलना बंद करो।" आर्चर ने कहा।

हकीम ने अपने टूटे हुए संदूक से छोटी ओखली और कूटने वाला डंडा निकाला और कुछ पत्तियां पीसने लगा। उसने उन्हें जेसन के मुंह में डाल दिया और आराम से बैठ गया। डायरेक्टर डॉक्टर के आने की राह देख रहा था। कुछ ही देर में हकीम ने जेसन को दूसरी खुराक भी दे दी।

जेसन अचानक उठ बैठा और सारे खुश हो गए। हकीम ने पोपले मुंह से डायरेक्टर को देख कर एक मुस्कान दी और वहां से चला गया। यह फिल्म तो अपने प्रशंसकों की वजह से, बनने से पहले ही हिट हो गई थी।

मिशन हुआ पूरा

यह तो बड़ी मुश्किल चढ़ाई थी। टीम ने तीन दिन पहले बेस कैंप छोड़ा था और वे तेज हवा के बीच ऊपर जाने की कोशिश में थे। उनके पांव बार-बार फिसल रहे थे और आगे का दृश्य दिखाई नहीं दे रहा था। एक बार तो उन्हें लगा कि वे जॉर्ज को खो ही देंगे। अचानक कॉलिन ने उसे गहरी हिम-दरार से खींच लिया वरना उसकी जान बचनी मुश्किल थी।

उनके चेहरे ठंड की वजह से सुन्न हो गए थे। वे एक क्षण के लिए भी अपने दस्ताने नहीं हटा रहे थे। ऐसा करते ही उनकी अंगुलियां बर्फ से गल सकती थीं। जूते ऐसे लग रहे थे मानो हमेशा के लिए उनके पैरों में फंस गए हों। पांचों लोगों ने पीठ पर भारी बैग और उपकरण लादे हुए थे।

अब वापिस जाने का वक्त नहीं रहा था। जर्मी और फोली भी आसपास थे। उन्हें भी खोज कर वापिस लाना था। सारे दल के दिल में एक डर समाया हुआ था। चार सप्ताह हो चुके थे। पर वे फिर भी यही मान कर चल रहे थे कि शायद वे दोनों जिंदा हों।

अचानक हैरोल्ड ने एक साए की ओर इशारा किया। ऐसा लगा जैसे अंधेरे में कुछ फड़फड़ाया हो। सारा दल उसी ओर चल दिया। यह तो उस जैकेट का हिस्सा था जो फोली ने पहनी हुई थी। सारे दल ने उस पर जमा बर्फ हटानी शुरू कर दी और थोड़ी देर में सारी जैकेट दिखने लगी। फोली उसके अंदर था। वह पूरी तरह से नीला पड़ गया था और नब्ज बहुत धीरे चल रही थी।

"जर्मी।" जब कैंडल उसके पास गया तो उसने उसके मुंह से यह आवाज सुनी। इतना कहते ही फोली बेसुध हो गया। कैंडल और बैरी ने उसे कंबलों में लपेट दिया और हैरोल्ड ने स्ट्रेचर बाहर निकाला। जॉर्ज और कॉलिन जर्मी को खोजने चल दिए।

कुछ ही मिनटों बाद, कॉलिन ने इशारा किया कि उन्हें जर्मी मिल गया है। उसका टखना टूट गया था और वह बर्फ के नीचे छ-सात फुट की दरार में फंस गया था। जॉर्ज रस्सी ले कर नीचे उतरा और उसे जर्मी से कस कर बांध दिया। जल्दी ही पूरा दल, उन दोनों को स्ट्रेचरों पर लिटा कर, बेस कैंप के लिए रवाना हो गया।

किसी ने रेडियो पर गाना चला दिया था। वे सब अपने घर वापिस जाते हुए बहुत खुश थे।

सफेद रंग का निशान

नए घोड़े का नाम निशान रखा गया क्योंकि उसके माथे पर एक चमकीला सफेद रंग का निशान था। उसका बाकी सारा शरीर भूरे रंग का था।

मैथ्यू बहुत खुश था। वह पिछले नौ सालों से मि. ऑसवर्ल्ड के घोड़ों का जौकी था। यह घोड़ा तो वाकई दमदार था।

निशान को प्रशिक्षण देने के लिए समय और धैर्य चाहिए था। पर मैथ्यू ने अपने प्यार से जल्दी ही उसे अपना बना लिया।

तीन सप्ताह में विसडन रेस होने वाली थी और मैथ्यू को पूरा यकीन था कि निशान उस साल, उनके लिए कप जीत कर लाएगा।

पर मंगलवार की सुबह, मैथ्यू अस्तबल में गया तो पाया कि निशान अपने बाड़े में नहीं था। वह वहां का नजारा देख कर, दंग रह गया। इसके बाद वह घर की ओर भागा।

उसने भागते हुए सोचा, "हो सकता है कि मि. ऑसवर्ल्ड उसे सवारी करने के लिए ले गए हों।"

पर वे तो कहीं नहीं गए थे। वे अपने घर पर थे। वे भी निशान के वहां न होने की खबर सुन कर, अपने पजामे पर कोट पहन कर, झट से अस्तबल की ओर भागे।

निशान का कोई सुराग नहीं मिला। उन्होंने उसके पैरों के निशान देखे और पीछा करते-करते एक नाले तक पहुंच गए।

"मैं पुलिस को खबर करके आता हूं। मैथ्यू तुम इन पैरों के निशानों से कुछ पता लगाने की कोशिश करते रहो।" मि. ऑसवर्ल्ड ने कहा।

मैथ्यू वहीं आसपास खोजने लगा। अचानक उसे फिर से पैरों के निशान दिखे और वह तैर कर उस ओर चला गया। तभी पुलिस भी वहां आ गई और वे लोग उसके पास आए। मैथ्यू ने उन्हें एक टूटे हुए छप्पर की ओर चलने को कहा।

वे सभी सावधानी से उस ओर बढ़े। ज्यों ही पुलिस ने दरवाजा तोड़ा। अंदर से एक आदमी हाथ में चाकू लिए चिल्लाता हुआ बाहर आया पर पुलिस ने एक मिनट में पकड़ लिया। फिर अंदर से दूसरा आदमी आया और उसे भी तुरंत पकड़ लिया गया।

मैथ्यू ने अंदर झांका तो निशान बड़े मजे से खड़ा घास खा रहा था। चोरों ने उसे कोई नुकसान नहीं पहुंचाया था। पुलिस भी सही वक्त पर आ गई थी। निशान भाग कर मैथ्यू के पास आ गया। अरे, वह अगली रेस का विजेता भी तो बनने वाला था। उसका कोई कैसे कुछ बिगाड़ सकता था।

टॉम का होमवर्क

टॉम डाइनिंग टेबल पर हाथ में किताब लिए बैठा तरह-तरह के मुंह बना रहा था। "होमवर्क? इन सारे टीचरों को होमवर्क क्यों देना होता है?" उसने चिढ़ कर सोचा।

उसकी मम्मी किचन में काम कर रही थीं। वे बीच-बीच में उसे देख भी लेतीं। वे जानती थीं कि टॉम को स्कूल से मिला काम करना पसंद नहीं है। उसे अपने दोस्तों के साथ घूमना, टी.वी. देखना या खेलना ही अच्छा लगता है। "मॉम।" वे इस सुर को पहचानती थीं। इसका मतलब था कि टॉम को किसी काम के लिए उनकी मदद चाहिए। "मुझे एक कहानी पढ़नी है। क्या आप इसे पढ़ कर मुझे सुना सकती हो?" वह बोला।

"नहीं टॉम, मैं खाना तैयार कर कर रही हूं। पापा आने ही वाले होंगे।" उन्होंने जवाब दिया।

"मुझे कुछ सवाल करने हैं, कविता याद करनी है, नक्शा बनाना है और क्रिया के साथ वाक्य तैयार करने हैं। मैं यह सारा काम कैसे पूरा कर सकता हूं?" वह रोनीसूरत बना कर बोला।

"वैसे ही करो, जैसे रोज करते हो।"

टॉम ने अपना सारा काम एक-एक कर पूरा किया और जब तक पापा घर आए, उसका कहानी पढ़ना ही बाकी रह गया था।

खाने के बाद, वह कहानी की किताब ले कर बैठा और अपने माता-पिता को देख कर मन ही मन कुढ़ने लगा। पापा टी.वी. देख रहे थे और मम्मी उन्हें बता रही थीं कि आज उनके घर आंटी जूलिया आई थीं।

"मैं यहां अपना होमवर्क करके अधमरा हो रहा हूं। ये लोग मजे से बातें कर रहे हैं।" टॉम ने सोचा।

पर जल्दी ही वह अपनी किताब की कहानी में खो गया। वह 'खजाने की खोज' नामक रोचक कहानी थी जिसमें समुद्री डाकुओं, जहाजों और तस्करों के बारे में लिखा था।

"मॉम! क्या आप ऐसी किताबें और ला कर दे सकती हो?" उसने सोने के लिए जाते हुए पूछा। उसके माता-पिता एक-दूसरे को देख कर मुस्कुराए। उस रात वह किताबों से भरे कमरे के ही सपने देखता रहा।

और पता है, उसका वह सपना सच भी हो गया। उसके पास इतनी किताबें आ गईं जितनी उसने सपने में देखी थीं। मम्मी-पापा ने उसका सपना पूर कर दिया था। अब सारे उसे किताबी कीड़ा कहते हैं पर मम्मी को हैरानी इस बात की है कि वह होमवर्क करने के लिए भी मुंह नहीं बनाता। उसे अपना स्कूल से मिला काम पूरा करने में भी आनंद आने लगा है।

गार्डियन की बाइक

रेजीमेंट ने कैंडाल में अपना कैंप लगाया था। यह एक पहाड़ी इलाका था और रेजीमेंट दूर तक फैला था। वहां बहुत सारे घर, बैरक, मैस, परेड के मैदान, वाहन और हथियार रखने की इमारतें, बंदूकें और दुकानें, डॉक्टर और डिस्पेंसरी वगैरह थे। यह जगह अपने-आप में किसी छोटे शहर से कम नहीं थी।

रेजीमेंट लड़ाई में अपनी बहादुरी के लिए जानी जाती थी और बहुत ही अनुशासनप्रिय थी। इसे लड़ाई में बहुत सारे तमगे मिले थे जिन्हें मैस में सजा कर रखा गया था।

एक दिन रेजीमेंट में अजीब सी अफवाह फैल गई। परेड के मैदान के पास रात को एक मोटरसाइकिल देखी गई थी। जब जांच की गई तो कोई

मोटरसाइकिल नहीं मिली। दरबान चकरा गया पर सुबह होते-होते वह सब भूल गया था।

कुछ ही दिन बाद एक चालक अपना वाहन खड़ा कर रहा था कि उसे एक बाइक दिखी पर जब वह उसे देखने के लिए आगे आया। तब तक वह गायब हो चुकी थी। उसे बाइक की आवाज भी सुनाई नहीं दी इसलिए उसने अपना सिर खुजा कर सोचा कि शायद उसके मन का वहम होगा।

मैस के रसोईए ने अगले दिन बाइक को रसोई के बाहर देखा। बाइक पर सवार बंदे ने दूसरे रंग की वर्दी पहनी हुई थी। उसने अपने साथ काम करने वालों को पुकारा, "अरे सुनो! तुम लोग पहचानते हो कि यह बाइक कहां की है।" जब तक वे बाहर आए तो वहां कोई नहीं था। वे रसोईए का मजाक उड़ाने लगे, "ओह! तुम अपने मन से ही कहानियां बना रहे हो। हमें तो यहां कोई नहीं दिख रहा।"

जल्दी ही कई लोगों ने उस बाइक सवार को देखा। वह ऐसी वर्दी में होता था, जो पहले विश्व युद्ध के दौरान पहनी जाती थी। लोगों का कहना था कि उसकी बाइक भी बहुत पुराने मॉडल की थी। रेजीमेंट में वह भूतिया बाइक और उसका सवार लकी माना जाने लगा और उन्होंने उसका नाम गार्डियन की बाइक रख दिया।

मेलन का रोबोट

मेलन के घर के पिछले हिस्से में एक वर्कशॉप थी। जहां वे तरह-तरह की मैकेनिकल चीजें बनाया करते। इस बार उन्होंने सोचा कि वे अपनी पत्नी को उसके जन्मदिन पर रोबोट बना कर भेंट में देंगे। वह रोबोट घर की साफ-सफाई करेगा। बिस्तर लगाएगा और कपड़े समेटने में मदद करेगा।

कई सप्ताह की मेहनत के बाद रोबोट का चेहरा दिखने लगा। उसकी आंखों की जगह हरी बत्ती जलती थी और वह एक बड़ी सी मुस्कान के साथ, 'ओ के' कहता था। उसकी बाजू पर एक छोटा सा की-बोर्ड था। उसे दबाने से वह अपने लिए आदेश ले लेता था। बस उसे एक नाम देना बाकी था।

"यह मेरी पत्नी के काम में मदद करेगा इसलिए मैं उसे लूसी नाम दे देता हूं।" मेलन ने तय किया।

जिस दिन श्रीमान मेलन की पत्नी का जन्मदिन था। उन्होंने काम पर जाने से पहले अपनी पत्नी को जन्मदिन की बधाई देते हुए कहा, "तुम्हारे लिए तोहफे के तौर पर लूसी को लाया हूं। यह तुम्हें घर की सफाई करने, बिस्तर लगाने और कपड़े समेटने में मदद करेगी।"

श्रीमती मेलन ने अपने पति से सीख लिया कि लूसी को आदेश कैसे देना है। वे खुशी-खुशी काम पर चले गए। श्रीमती मेलन ने तय किया कि वे लूसी से कोई काम करवाएंगी।

बदकिस्मती से श्रीमान मेलन उन्हें बताना भूल गए थे कि लूसी की गति को नियंत्रित करना पड़ता था और उसे उस जगह ले जाना पड़ता था, जहां आपको काम करवाना होता था। श्रीमती मेलन ने उसका स्विच ऑन किया और टाइप किया, "श्रीमान मेलन के कपड़े।" लूसी झट से बाहर की ओर लपकी। उसने तार पर डाले गए सारे कपड़े खींच लिए। फिर वह घर में घुसी और हर कोने में से, श्रीमान मेलन के कपड़े खोज-खोज कर उठाने लगी। श्रीमती मेलन उसके पीछे भागती रहीं पर उसका पीछा करना उनके बस में नहीं था

जब श्रीमान मेलन शाम को घर वापिस आए तो श्रीमती मेलन थक कर सोफे पर पड़ी थीं और लूसी सारे घर में चक्कर लगा रही थी। पूरा घर तितर-बितर हो चुका था। श्रीमान मेलन को भी लूसी का पीछा कर, उसका स्विच ऑफ करना पड़ा। श्रीमती मेलन का जन्मदिन इससे पहले, कभी इतना थकाने वाला नहीं रहा था।

टैंक आ रहे हैं

यह एक लंबा इंतजार था। सुबह होने की इंतजार कर रहे सिपाही रेत से भर गए थे। दिन की तेज धूप के बाद, रात को तेज सर्द मौसम हो गया था। दुश्मन सीमा के पार लगी कंटीली तार के पास उनका इंतजार कर रहा था।

बस एक और गोली उस ओर से चलती तो उनकी लड़ाई फिर चालू हो जानी थी। वे दोनों ही दूसरी ओर से पहल का इंतजार कर रहे थे।

"टाइगर टू अल्फा! टाइगर टू अल्फा।" रेडियो में से आवाज आई।

संकेत पाने वाले ने बताया कि उनके लिए संदेश आ रहा है।

"टाइगर टू अल्फा! टाइगर टू अल्फा। अपनी पोजीशन बनाए रखो।"

"रॉजर! ओवर!"

"सर! वे हमें इसी पोजीशन पर रहने को कह रहे हैं।" उसने बताया।

कप्तान विल्बर ने हामी भरी। सुबह होने में पांच घंटे बाकी थे। उनके दल में नौ सिपाही ही बचे थे। उनकी गोलियां और असला खत्म हो गया था। उनके पास कुछ हथगोले और गिनती की गोलियां ही बाकी थीं। खाना तो बहुत पहले ही खत्म हो गया था। वे नहीं जानते थे कि उनका पानी भी कब खत्म हो जाएगा।

उनके पास सुबह के लिए एक योजना थी। अगर कोई और मदद नहीं आई तो उन्हें ही इस लड़ाई का मोर्चा लेना होगा। एक-एक सिपाही को, ज्यादा से ज्यादा दुश्मन मार गिराने होंगे ताकि मोर्चा उनके नाम हो सके।

उनके दिमाग में योजना साफ थी। उन्होंने नौ आदमियों को अपने पास बुला कर कहा, "जो भी मिले, उसी चीज से, अपने शरीर से हथगोले बांध लो। अगर हमें दुश्मन का सामना करना पड़ा तो हम बहादुरी और शान से अपनी जान देंगे! हम उनके आगे हथियार डाल कर, युद्ध के बंदी नहीं बनेंगे। समझ गए, तुम लोग?"

आपस में बातचीत के बाद सभी राजी हो गए।

अचानक रेडियो से फिर आवाज आई। "टाइगर टू अल्फा! टाइगर टू अल्फा।"

"अल्फा टू टाइगर"

"टैंक भेजे जा रहे हैं। एक घंटे में आ जाएंगे। ओवर।"

"रॉजर! ओवर!"

"सर! टैंक भेजे जा रहे हैं। एक घंटे में आ जाएंगे।" उसने दल को बताया।

कप्तान विल्बर के चेहरे पर मुस्कान खेल गई। आने वाली सुबह अब उनके नाम थी।

एक भयंकर चाय

श्रीमती फेलिक्स की मौत हो गई थी। जब वे अपनी कुर्सी पर बैठी चाय पी रही थीं तो किसी ने उन्हें कुछ घोंप कर मार दिया था। पुलिस आई और उनके शव को जांच के लिए ले गई। बर्कले जासूस वहीं ठहर गए।

श्रीमती फेलिक्स की भतीजी हिल्डा उनके साथ रहती थी। वह छोटे और काले बालों वाली नवयुवती थी। श्रीमान और श्रीमती जीनर भी चाय पर आए थे। जिसे हॉवर्ड बटलर ने परोसा था।

वहां कत्ल के हथियार का कोई सुराग नहीं था पर वह कोई तीखी धार वाली चीज रही होगी।

डाइनिंग रूम में दीवार पर एक खंजर था। वह जोड़े में से एक था। बर्कले ने दीवार पर देखा तो धूल का हल्का सा निशान दिखा, जो खंजर के आसपास बन गया था।

अब वे जानते थे कि उन्हें क्या खोजना था। श्रीमती फेलिक्स की कुर्सी के पास ही एक फूलदान रखा था। उसमें सुंदर फूल भरे हुए थे। उन्होंने सारा फूलदान सिंक में पलट दिया। खनाक की आवाज के साथ एक खंजर बाहर आ गया।

तो उन चार लोगों में से ही किसी ने उन्हें मारा होगा। पर किसने और कैसे?

हिल्डा उनसे दूर, छोटी सैटी पर बैठी थी। पर वह सैंडविच देने के लिए उठी थी। श्रीमती जीनर उनके पास ही आरामकुर्सी पर थी और जब उनकी शॉल गिरी तो उसने उन्हें ओढ़ाने में मदद की थी। श्रीमान जीनर अपनी चाय का प्याला लिए खिड़की के पास खड़े थे। हॉवर्ड चाय परोस रहा था।

बर्कले ने पूछताछ के बाद जाना कि जीनर श्रीमती फेलिक्स के दूर के भाई थे। अगर वे वसीयत के बिना मारी जातीं तो सारी जयदाद उनके नाम हो जाती। हिल्डा को तयशुदा रकम ही मिलती। एक दराज में उन्हें श्रीमती फेलिक्स की लिखी वसीयत भी मिल गई जिसमें उन्होंने यह घर हिल्डा के नाम कर दिया था। वे श्रीमान जीनर के चेहरे पर बदलते रंग देख रहे थे।

एक ही झटके में उन्होंने श्रीमान जीनर को हथकड़ियां पहना दीं। बर्कले ने हत्यारे को पकड़ लिया था।

श्रीमान लिओनल की तस्वीर

श्रीमान लिओनल को अपनी बिल्ली जिंजर से बहुत प्यार था। उन्हें लगता था कि वह बहुत सुंदर थी।

'मेरा दिल करता है कि अपने पलंग के पास ही इसकी एक प्यारी सी तस्वीर लगा दूं।' उन्होंने सोचा।

उन्होंने अपने आसपास के इलाके में कलाकार को खोजना शुरू कर दिया। पता चला कि सारे ली बोन नामक कलाकार की बहुत तारीफ करते थे। उसने उन्हें संदेश भिजवाया कि वह अपनी बिल्ली जिंजर की तस्वीर बनवाना चाहता है। पहले तो कलाकार को बहुत बुरा लगा। बिल्ली की पेंटिंग! कितनी अपमानजनक बात थी।

पर श्रीमान लिओनल ने मुंहमांगी कीमत देने का वादा किया तो कलाकार ने बिल्ली की पेंटिंग बनाने के लिए हामी दे दी। उसने कहा, "पर, आप इसे तभी देख सकेंगे। जब पेंटिंग पूरी हो जाएगी। अगर आपने बीच में झांका तो मैं काम को वहीं बंद कर दूंगा।"

श्रीमान लिओनल ने हामी भर दी। अगली सुबह ली बॉन अपना सारा सामान लिए पेंटिंग तैयार करने आ गए। सोफे पर रेशम का कुशन रख कर जिंजर को उस पर बिठाया गया। श्रीमान लिओनल को बाहर भेज दिया गया। कलाकार ने कहा कि जब तक काम पूरा नहीं होता। वह रात के समय कमरे को ताला लगा दिया करेगा ताकि कोई भीतर न आ सके। जिंजर को छोटी खिड़की से खाना दिया जा सकता था और उसे घुमाने ले जाया जा सकता था।

कई सप्ताह बीत गए। श्रीमान लिओनल पेंटिंग देखना चाहते थे पर उन्हें तो जिंजर हर रोज बाग में पक्षियों का पीछा करती दिखाई देती। दो महीने बाद, कलाकार ने ऐलान किया कि उसका काम पूरा हो गया है।

श्रीमान लिओनल उत्सुकता से उसे देखने आ गए। पर ये क्या! जब वे तस्वीर के आगे आए तो सन्न रह गए। "ये क्या है?" उन्होंने पूछा।

"बिल्ली है।" कलाकार ने जवाब दिया। "वह जल्दी से हट गई थी इसलिए मैंने जाती हुई बिल्ली बनाई है।" बिल्ली के भागने का चित्र इस तरह बनाया गया था कि उसका चेहरा, आंखें और हाथ-पैर सब एक से दिख रहे थे। श्रीमान लिओनल को बहुत गुस्सा आया पर वे कुछ नहीं कह सके। कलाकार अपने चित्र को मास्टरपीस बता रहा था। अब वह लिओनल महाशय के घर में झाड़ू रखने की अलमारी में पड़ी है।

आ गए एलियंस

फार्म में रहने वाले कुत्ते, केन के सिवा बाकी सभी सो रहे थे। केवल आसमान में सितारे चमकते हुए दिख रहे थे।

ऐसा लग रहा था कि दो सितारे धरती की ओर आ रहे हों। जब वे और पास आए तो पता चला कि वे तो स्पेस शिप की बत्तियां थीं। केन उठा और चारदीवारी की ओर चल दिया। स्पेस शिप सड़क के पास उतरा था। ज्यों ही दरवाजा खुला तो रूपहली बत्ती जलती दिखाई दी।

उसमें दो लोग तैरते हुए बाहर आए। केन के भौंकते ही वे वहीं रुक गए। इसके बाद वे उसके पास आ गए। उन्होंने आपस में बातें करना शुरू

कर दिया। ऐसा लगता था कि उनकी बोली में सीटी और किट-किट की आवाजें शामिल थीं।

वे दोनों कुत्ते के साथ उसके मालिक के घर तक आए। केन ने दरवाजे पर पंजे मारे तो अंदर से बेंट ने दरवाजा खोला। उसकी आंखों में नींद भरी थी पर ऐसे अजीब लोगों को देखते ही उसकी आंखों की नींद उड़ गई।

वे अंदर आए और हैरानी से हर चीज को देखने लगे। उनके चेहरे नीले रंग के थे और उनकी आंखों से ऐसी किरणें निकल रही थीं मानो वे हर चीज की फोटो उतार रही हों।

बेंट की पत्नी भी हैरानी से उन्हें देखने लगी। उनमें से एक अजनबी ने बेंट की ओर अपनी बांह फैलाई। बेंट ने भी सकुचाते हुए अपना हाथ आगे कर दिया। अचानक उसकी बाजू से होते हुए, हरी रोशनी गुजर गई।

उसने पाया कि अब वह समझ सकता था कि वे दोनों क्या कह रहे थे। मानो वे दूसरे ग्रह के वासी उनके साथ किसी उपहार का लेन-देन करना चाह रहे थे। वे अपने साथ एक ऐसा हीरा लाए थे जिससे रंग बदलने वाली लाइट निकलती थी।

श्रीमती बेंट ने उन्हें एक मुर्गी, दो मुर्गी के बच्चे और अंडों से भरी टोकरी दी। वे दोनों अपने जहाज की ओर चल दिए। वह खेत तक आ गया और इसके बाद वे झट से ओझल हो गए।

बेंट को लगा कि वह कोई सपना देख रहा था पर ज्यों ही हाथ में पकड़े हीरे ने रंग बदले तो वह समझ गया कि यह कोई सपना नहीं था।

रोमर का घर

रोमर के पास कोई घर नहीं था। वह एक आवारा कुत्ता था जो सड़कों पर घूमता रहता था। लोगों की बची जूठन खा कर पेट भरता था इसलिए उसे कभी भरपेट खाना नहीं मिल पाता था। वह अक्सर उन कुत्तों और उनके मालिकों से जलता, जो अपने कुत्तों के साथ पार्क में शाम को घूमने आते थे।

वे कुत्ते अपने मालिकों के साथ भागते और खेलते। बहुत सारे बच्चे उन्हें गले से लगाते और उनके साथ घास में लोटपोट होते। यह देख कर रोमर को बहुत अकेलापन महसूस होता था।

एक दिन की बात है, उसे जोर से भूख लगी थी। वह मि. बेंजामिन की बेकरी के बाहर बैठा था ताकि खाने के लिए कुछ मिल सके। वे कूड़ेदान में कुछ डालने आए तो देखा कि रोमर बाहर बैठा, उन्हें आशा भरी निगाहों से ताक रहा था।

उन्होंने उसे एक बंद दिया और उसने लपक लिया। अगले दिन उन्होंने रोमर को फिर से दुकान के बाहर देखा। इस बार उन्होंने उसे कुछ बिस्कुट खिला दिए। ऐसा कई दिन तक चलता रहा।

एक शाम, जब वे अपनी दुकान को ताला लगा रहे थे तो उन्होंने रोमर को दुकान के फुटपाथ पर सोते हुए देखा। उन्होंने उसे थपथपाया और अपने घर चल दिए।

उस रात, दुकान में चोर घुस आया ताकि वहां चोरी कर सके। उसने दुकान के ताले देखे और वहां चोरी करने के लिए मन बना लिया।

दुकान में ताला तो लगा था पर वह पुराना जंग खाया ताला था। चोर ने ज्यों ही उसे खोलने के लिए छोटे हथियार का इस्तमोल किया, आवाज सुन कर रोमर जाग गया। उसने चोर की टांग पकड़ ली। उसने शोर मचा दिया और उसके भौंकने की आवाज सुन कर, गश्त लगा रहे सिपाही दौड़ कर वहां आ गए।

चोर पकड़ा गया। मि. बेंजामिन को पता चला कि रोमर ने किस तरह दुकान को लुटने से बचा लिया था। वे इतने खुश हुए कि रोमर को अपना पालतू बना कर घर ले आए। रोमन अब गले में पट्टा पहन कर बहुत सुंदर और चुस्त दिखता है। वह श्रीमान बेंजामिन के साथ हर रोज दुकान पर आता है। अब वह आवारा नहीं रहा।

हैंडलटन जाने वाली गाड़ी

गाड़ी किसी तरह रेंगते हुए स्टेशन तक आई और हांफने लगी। उसके इंजन को देख कर लग रहा था कि लंबे सफर से उसे भी थकान महसूस हो रही थी। डॉबनर महोदय भारी सूटकेस और बैग घसीटते हुए बाहर आए।

वह प्लेटफार्म पर खड़े हो कर पसीना पोंछने लगे। वे सामान ढोने के लिए कोई ट्रॉली खोज रहे थे। वहां कोई ट्रॉली दिखाई नहीं दे रही थी। उन्होंने खुद ही अपने सामान को धूल से भरी सड़क से ले जाना तय किया। वहां एक गाड़ी खड़ी थी। उसकी टेक लगा कर खड़ा लड़का तिनका चबा रहा था।

"आप ही नए मास्टर हैं, श्रीमान?" उसने पूछा

"हम्म! मैं ही हूं।" श्रीमान डॉबनर बोले।

"बैठिए! मैं आपको ही लेने आया हूं।" लड़के ने कहा।

"क्या स्कूल में काम करते हो?"

"जी, मैं चीजों की सार-संभाल का काम देखता हूं। मेरा नाम जैमी है।" उसने कहा

घोड़ा धूल भरी पगडंडी पार कर, बड़ी सड़क पर आ गया था। श्रीमान डॉबनर को नींद सी आने लगी। उन्होंने अपनी आंखें बंद कर लीं और जल्दी ही वे सो गए।

जब उन्होंने आंखें खोलीं तो खुद को एक खस्ताहाल इमारत के सामने पाया जो जली हुई लग रही थी। वहां जैमी या गाड़ी में से कोई दिखाई नहीं दे रहा था। उनका सामान भी उनके पास ही रखा था। उन्होंने झट से अपनी जेब देखी। उनका बटुआ और घड़ी भी सही-सलामत थे।

वहीं एक बूढ़ी औरत झाड़ू लगाती दिखाई दी।

"क्या यह लड़कों का हैंडलटन स्कूल है?" उन्होंने उससे पूछा।

"नहीं, यह पहले हुआ करता था।" उस महिला ने कहा

"पहले हुआ करता था?" वे हैरान हो गए।

"यह दो साल पहले जल गया था।" वह बोली

"पर जैमी ने तो यह बात नहीं बताई।" श्रीमान डॉबनर बोले।

"जैमी मेरा पोता था। वह भी उसी आग में जल कर मर गया था, श्रीमान।" महिला ने उदासी से कहा।

श्रीमान डॉबनर अगली ही गाड़ी से वापिस लौट गए।

डीनो की मम्मी

हेनरी को उस प्राणी के बारे में कुछ समझ नहीं आ रहा था। उसने आज तक ऐसा जानवर पहले नहीं देखा था। उसकी सारी पीठ पर हरे रंग की चमड़ी, लंबी सूंड और पूंछ थी। वह उसे झाड़ियों के बीच से, सहमा हुआ सा देख रहा था।

हेनरी को पूरा यकीन था कि उसने उसे रोते हुए सुना था। उसने उसे प्यार से बुलाया पर वह उसे अपनी बड़ी पीली आंखों से लगातार घूरता रहा। कुछ देर बाद, वह अजीब सा जानवर बाहर आया। जब उसे यकीन हो गया कि हेनरी उसे कोई हानि नहीं पहुंचाएगा, तो वह उसके पास आ कर, उसे सूंघने लगा।

वह तो दोस्ताना स्वभाव वाला जानवर लग रहा था। हेनरी ने उसे आंसू पोंछने के लिए अपना रूमाल दिया। वह जानवर ज्यों ही रूमाल को नाक

के पास ले गया। उसके सांस लेते ही रूमाल में आग लग गई। वह फिर से रोते हुए अपनी मम्मी को बुलाने लगा।

हेनरी ने उसे उठा कर छोटी सी टोकरी में रख दिया।

"चलो, अब चल कर तुम्हारी मम्मी को खोजते हैं," उसने कहा। "अच्छा! तुम्हें डीनो नाम दे देता हूं। हमारे लिए बात करना आसान हो जाएगा।"

उसने बरामदे में देखा तो वहां घोड़ा दिखाई दिया। फिर वह डीनो को तालाब के पास ले गया और पूछा कि क्या उसकी मम्मी वहां है। डीनो ने इंकार कर दिया। उसकी मम्मी का कहीं पता नहीं चल रहा था। हेनरी उसे प्रोफेसर फर्न के घर ले गया। उन्हें हर चीज के बारे में जानकारी रहती थी।

वे उसे देख कर बोले, "इसकी मम्मी यहां मेरे पास है।" उनकी मेज पर डीनो से बड़ा जानवर बैठा था। वह भी उतना ही उदास दिख रहा था। ज्यों ही डीनो ने उसे देखा। वह भाग कर उसी ओर लपका। डीनो की मम्मी ने अपने बच्चे को, पंखों में छिपा लिया।

"यह ड्रैगन का बच्चा है।" प्रोफेसर ने हेनरी को बताया।

वे डीनो और उसकी मम्मी को एक बड़ी गाड़ी में, जंगल के छोर तक ले गए। डीनो अपनी मम्मी के साथ जंगल की ओर जाते हुए, उन लोगों को देख कर, अपना हाथ हिलाना नहीं भूला। वह उनका दोस्त बन गया था।

मोजार्ट की समस्या

श्रीमान और श्रीमती कार्लसन को मोजार्ट का संगीत सुनना इतना पसंद था कि उन्होंने अपने बेटे का नाम ही मोजार्ट रख दिया। यही बात मोजार्ट के लिए शर्मिंदगी की वजह बन गई थी।

स्कूल में हर नया टीचर उससे यही पूछता था कि क्या उसे गाना गाने या कोई वाद्य-यंत्र बजाने में दिलचस्पी थी। उसके पापा का हर दोस्त पीठ पर थपक दे कर पूछता, "और भई जवान! बहुत बड़ा संगीतकार बनने की तमन्ना रखते हो?" उसकी मम्मी की सहेलियां तो और भी बदतर बर्ताव करतीं। "अरे वाह! कितना क्यूट नाम है। नाम तो सचमुच बहुत ही प्यारा है।" लड़के उसका मजाक उड़ाते। लड़कियां मुंह छिपा कर हंसतीं। यह सब वाकई बहुत दुख देता था।

एक दिन उसने तय किया कि वह अपने माता-पिता से कहेगा कि वे उसका नाम बदल दें। पर यह बात सुनते ही वहां तो हंगामा खड़ा हो गया। हार कर बीस मिनट बाद, मोजार्ट को मुंह लटका कर अपने कमरे में वापिस आना पड़ा। उसके माता-पिता को यह सुन कर बहुत बुरा लगा था।

पूरा सप्ताह घर में यही बात चलती रही। अचानक शनिवार को आंटी क्लीम घर आ गईं। वे श्रीमान कार्लसन की आंटी थीं और वे भी उनसे डरते थे।

उन्होंने मोजार्ट का चेहरा देखा और समझ गईं कि मामला गड़बड़ है। प्यार से पूछने पर बच्चे ने सब बता दिया। उस रात उन्होंने खाने के समय ऐलान किया, "बेटा! मैं तुम्हें आज से मिशेल कह कर बुलाऊंगी। मुझे मोजार्ट बोलने में थोड़ी मुश्किल होती है।"

श्रीमान और श्रीमती कार्लसन ने एक-दूसरे को हैरानी से देखा। इससे पहले कि वे कुछ कहते, मोजार्ट ने खुशी से कहा, "क्यों नहीं आंटी! जैसा आप कहें।" श्रीमान कार्लसन ने कहा, "पर आंटी! स्कूल में तो इसे सब मोजार्ट के नाम से ही जानते हैं। अब सारे रिकॉर्ड बदलवाने में परेशानी हो जाएगी।"

"हां, मुश्किल तो होगी पर काम असंभव तो नहीं है, जेम्स। तुम्हें इसे करवाना ही होगा। मैं यही रह कर तुम्हारी मदद कर दूंगी।" आंटी ने कहा।

अगली सुबह वे श्रीमान कार्लसन के साथ स्कूल गईं ताकि बच्चे का नाम बदलवाया जा सके।

उन्होंने कहा, "मैं भी बचपन से क्लीमेंटाइन नाम के साथ जीती आई और परेशान होती रही। इसके साथ ऐसा नहीं होने दूंगी।"

अब हमारा मोजार्ट मिशेल है और अपने इस नए नाम के साथ बहुत खुश है।

टीम का शुभचिंतक

एक बार सारी रात बरसात होती रही। एक पिल्ला बरसात में भीग गया। वह कीचड़ से बहुत गंदा हो गया था। वह घबराया हुआ सा एक बेंच के नीचे बैठ गया। पास में ही एक स्टेडियम में कुछ खिलाड़ी सवेरे-सवेरे खेलने के लिए आने लगे। अभी सुबह के सात ही बजे थे कि चार्ली ने उस पिल्ले को बेंच के नीचे लेटे हुए देखा।

उसने बेंच के नीचे झांक कर देखा और पिल्ले को प्यार से थपथपाया। पिल्ले ने उसके हाथ को चाटना शुरू कर दिया और अपनी गीली पूंछ हिलाने लगा। जैसे ही चार्ली स्टेडियम के अंदर जाने के लिए खड़ा हुआ, वह पिल्ला भी उसके पीछे-पीछे चल पड़ा।

मि. वैगनर, जो कि इस खेल के कोच थे, उनकी नजर पिल्ले पर पड़ी और वे उसे देख कर बोले, "चार्ली। तुम्हें पता है कि स्टेडियम में कुत्तों का आना मना है।"

"मैं जानता हूं सर। लेकिन मैं इसे यहां नहीं लाया। वह खुद ही मेरे पीछे-पीछे आ गया है।" चार्ली बोला।

"ठीक है। इसे बाहर छोड़ कर आओ।" मि. वैगनर ने उसे हुक्म दिया। लेकिन तब तक वह पिल्ला अंदर दाखिल हो चुका था।

जब अभ्यास समाप्त हो गया तो चार्ली अपने दोस्तों के साथ बाहर आया। वह पिल्ला, जो कि अब तक सूख चुका था, वह भी उसके पीछे चलने लगा। उसकी मां ने कई बार उसे भगाने की कोशिश की लेकिन वह जब भी दरवाजा खोलती तो वह वहीं खड़ा मिला। अंत में उसने उसे खाने के लिए कुछ दूध और ब्रेड दी और वह तब से वहीं रहने लगा।

अगले दिन वह फिर से चार्ली के साथ गया और कोच की नजरें बचा कर सीट के नीचे छिप गया। ऐसा कई दिनों तक चलता रहा। टीम के खिलाड़ी रोजाना खाने के लिए जो भी लाते, वे पिल्ले के साथ मिल कर खाते। उन्होंने उसका नाम 'बेंच' रख दिया।

उसके बाद से कुछ ऐसा हुआ कि वह टीम हर मैच जीतने लगी। बेंच हमेशा वहां होता और स्टेडिम के चक्कर लगाता। यहां तक कि मि. वैगनर भी उसे अपने सैंडविच दिया करते थे।

जब उन्होंने आखिरी मैच भी जीत लिया तो मि. वैगनर ने चांदी का एक पट्टा उसके गले में डाल दिया। जिस पर छोटी सी गेंद अंकित थी। इसके बाद से वह टीम का लकी चार्म बन गया। वह उसे अपने लिए शुभ मानने लगे थे।

मि. बर्न का आना

मि. बर्न नेटलवुड स्कूल में नए शारीरिक शिक्षा के टीचर के रूप में भर्ती हुए थे। उस स्कूल में लड़के और लड़कियां एक साथ पढ़ते थे। अतः वहां की लड़कियां उन्हें एक फिल्म स्टार समझती थीं। वे उनके सामने खिलखिला कर हंसती और अपने हाथों को बालों में मार कर अनेक तरह की मुद्राएं बनातीं।

इससे लड़कों को बहुत गुस्सा आता। मि. बर्न के बाल भूरे रंग के थे और वे देखने में किसी म्यूजियम में रखे स्टैचू की तरह लगते थे। वे बहुत अच्छी तरह से बास्केटबॉल खेलना व तैरना भी जानते थे। लेकिन उन्हें देख कर लड़कियां ऐसा क्यों करने लगीं थी?

कुछ ही दिनों में खेल दिवस आने वाला था और उसके लिए स्कूल में खिलाड़ियों को चुनने का कार्य चल रहा था। दौड़, बाधा दौड़, बास्केटबॉल, तैराकी, साइकलिंग, जिमनास्टिक व अन्य प्रतियोगिताओं के लिए लड़के और लड़कियों का चुनाव होने लगा।

जिन बच्चों का चुनाव नहीं हो सका, वे चिढ़ने लगे। उन्होंने सोचा कि मि. बर्न ने उनके साथ चालाकी की है। लेकिन सच्चाई यह थी कि ऐसा कुछ भी नहीं था। मि. बर्न ने केवल उन्हीं बच्चों को चुना जो कि वास्तव में इसके लायक थे। उन्होंने बच्चों का चुनाव करते समय हर तरह से ध्यान रखा था।

बहुत ही जल्द खेल दिवस भी आ गया और स्कूल के स्टेडियम के आसपास के सारे स्टाल भर गए। ये बहुत ही महत्वपूर्ण खेल थे क्योंकि नेटलवुड स्कूल के जीतने वाले बच्चों को अगले महीने इंटर स्कूल की प्रतियोगिताओं में भाग लेना था।

खेल वास्तव में बहुत मजेदार थे और दर्शकों ने भी जी भर कर इनका मजा लिया। सारा दिन बहुत अच्छा बीता था। जब विजेताओं का नाम बताने का समय आया तो मि. बर्न स्टेज पर आए। उनके साथ एक बहुत सुंदर महिला भी थी जो कि ईनाम देने के लिए आई थी। सभी जानते थे कि वह एक मशहूर टी.वी. स्टार है। जब उनके नाम की घोषणा की गई तो सब हैरान हो गए। उन्हें श्रीमति कैमिला बर्न के नाम से बुलाया जा रहा था।

"यह हमारे मि. बर्न की पत्नी है!" सभी बच्चे फुसफुसाने लगे और लड़कियों ने भी खिलखिला कर हंसना बंद कर दिया। उसके बाद से वहां कभी भी मि. बर्न के खिलाफ बातें नहीं हुई और सब उनके प्रतिभाशाली व्यक्तित्व को जान गए।

डिक की पेंटिंग

एक बार किसी गिलहरी की खूबसूरत पेंटिंग को पहला ईनाम दिया गया। डिक ईनाम मिलने पर बहुत खुश था और वह छोटा सा कप ले कर अपने घर जा रहा था। वह खुश था कि अब उसका कप भी वहां रखा जाएगा जहां उसके भाई के कप रखे गए हैं जो उनसे विभिन्न विषयों, गणित तथा खेलों में जीते हैं।

हैरी ने उसका कप देखा और कहा, "चलो बुरा नहीं है। कम से कम तुमने एक कप तो जीता।" मम्मी ने दोनों की बातें सुनीं। उन्हें डिक को प्रोत्साहित करने और हैरी को इस बात की यकीन दिलाने का कोई उपाय करना था कि उसे अपनी जीत का इतना घमंड नहीं करना चाहिए। उन्होंने डिक को उसकी जीत की बधाई देते हुए गले से लगा लिया।

अगले दिन वे डिक की टीचर मिस लोरना से मिलीं और उनसे कुछ बातचीत की। उस दिन उनका सारा दिन बहुत व्यस्तता में बीता। वे बाजार गईं और वापसी में बच्चों को बस स्टॉप से ले कर आईं।

हैरी और डिक ने स्कूल से आते ही अपने-अपने बैग एक ओर फेंके, मुंह-हाथ धो कर कपड़े बदले और खाना खाने बैठ गए।

तभी हैरी एकदम चुप हो गया। मां ने उसे देखा। वे सामने दीवार पर लगी उस तस्वीर को देख रहा था। डिक ने भी उस तस्वीर को दीवार पर लटके हुए देखा। डिक यह देख कर हैरान था कि उसकी तस्वीर फ्रेम करवा दी गई थी। धीमी से मुस्कुराहट लिए वह मां से बोला, "शुक्रियां मां। आपने कितना अच्छा काम किया।"

मां बोलीं, "डिक, तुमने बहुत खूबसूरत पेंटिंग बनाई है। यह उस ईनाम से कहीं ज्यादा सुंदर है। तुम्हारी गिलहरी देखने में बिल्कुल असली गिलहरी जैसी लग रही है। क्यों हैरी? मैं ठीक कर रही हूं न"

हैरी ने मां की ओर देखा। वह जानता था कि वे उसे कुछ समझाना चाहती हैं। वह बोला, "हां मां। आप ठीक कह रही हो। यह वाकई बहुत सुंदर है।"

डिक ने चेहरे पर खुशी जाहिर करते हुए कहा, "मुझे ईनाम मिलने से इस बात की ज्यादा खुशी है कि मेरे परिवार ने इसकी तारीफ की।" मां ने मुस्कुरा कर हैरी की ओर देखा। वह भी अपनी मां का इशारा समझ गया। डिक से झगड़ने करने की बजाय उसे उसकी तारीफ करना बहुत अच्छा लगा।

जैक और उसकी बकरी

जैक के परिवार में एमिली नाम की एक बूढ़ी बकरी रहती थी। वह बहुत समय से उनके साथ रहती थी। उसे अच्छी तरह से याद था कि उसके पिता कैसे बकरी की देखभाल किया करते थे। लेकिन अब वे दुःखी मन से उसे बाजार में बेचने जा रहे थे।

वह सही समय पर बाजार में पहुंच गया। वहां बहुत सारे किसान खरीददारी करने और अपना सामान बेचने आए हुए थे। वहां अनाज की बोरियां, मक्की के दाने, सब्जियां, फल, पशु, भेड़ें, घोड़े, गधे, सूअर, मुर्गियां तथा बकरियां बेची जा रही थीं। उनमें एमिली भी थी।

जैक हैरान था कि वहां एमिली के अलावा कोई बकरी नहीं थी। वह एक स्थान पर उसे ले कर बैठ गया और ग्राहक का इंतजार करने लगा। लेकिन उसके पास कोई नहीं आया। सुबह से शाम हो चली थी, लेकिन जैक खाली बैठा रहा। अतः वह उठा और घर को चल दिया। बेचारी बकरी भी उसके पीछे-पीछे चल रही थी।

"मुझे हैरानी है कि कोई भी बकरी को खरीदना नहीं चाहता।" उसने सोचा।

"अरे मूर्ख! यह तो बहुत आसान है।" उसे एक आवाज सुनाई दी।

उसने आसपास देखा किंतु कोई भी दिखाई नहीं दिया। उसने एमिली की ओर देखा और उससे पूछा, "क्या तुमने कुछ कहा?"

"और क्या! यहां आसपास कोई भी नहीं है।" एमिली ने उत्तर दिया।

"तुमने मुझे पहले क्यों नहीं बताया?"

"तुम तो सच में मूर्ख हो जैक। तुम मुझे पहले तो बताते।" बकरी बोली।
"क्या तुम कोई जादू से भरी बकरी हो?" जैक ने पूछा।

"बिल्कुल ठीक। क्या तुम्हारे पिता ने तुम्हें मेरे बारे में कुछ नहीं बताया"? बकरी ने पूछा

"नहीं। मुझे बताओ।" "चलो ठीक है। मैं तुम्हें एक कहानी सुनाती हूं। मैं तुम्हारी दादी हूं। मैं एक जादुगरनी थी और जादूगरनियां कभी नहीं मरतीं। इसलिए जब तुम बड़े हो गए तो मैं एक बकरी बन गई। यदि तुम्हारे पिता मेरी आज्ञा नहीं मानते तो उन्हें अपने सींगों से मार देती।"

"क्या तुम कोई जादू कर सकती हो?" "हां। तुमने देखा नहीं कि बाजार में क्या हुआ था? कोई भी मुझे खरीदने नहीं आया था। क्योंकि मुझे कोई देख ही नहीं सकता।"

"तुम तो दुनिया की सबसे अच्छी दादी हो। आओ, चलो घर चलें।" जैक ने कहा और बकरी को ले कर घर चल दिया।

ट्री हाउस के अंदर

बिली एक ट्री हाउस चाहता था। इस बार गर्मियों में उसके पिता ने एक बढ़ई को बुलाया और उसके लिए एक छोटा सा ट्री हाउस बनाने को कहा। उसकी मां ने उसे कुछ चादरें और कुशन दे दिए ताकि वह अपनी छुट्टियां वहां बिता सके और उसमें बैठ कर खेल सके, पढ़ सके और रात को सो सके। यह सब कितना अच्छा था!

लेकिन जल्दी ही छुट्टियां समाप्त हो गई और वह बैग लगाने लगा। उसे अपने ट्री हाउस को छोड़ कर बहुत दु:ख हो रहा था।

"लेकिन तुम हमेशा इसकी देखभाल करना। ठीक है।" उसने मां से कहा।

वह क्रिसमस की छुट्टियों में फिर से घर आया और आते ही अपने ट्री हाउस में चला गया।

अंदर जाते ही वह हैरान हो गया कि उसमें तो गिलहरियों और तोतों ने अपने रहने की जगह बना ली थी। उन्होंने उसकी ओर ऐसे देखा जैसे कोई अजनबी उनके घर में घुस आया हो।

लेकिन बिली बहुत धीरे से और शांति से जा कर उसमें बैठ गया। उसने देखा कि एक गिलहरी ने एक गत्ते के डिब्बे में अपना घर बना लिया है जिसमें वह अपने सिपाहियों वाले खिलौने रखता था। वह तोता भी एक पेड़ की टहनी पर आराम से बैठा था जो कि उस घर के अंदर को आ रही थी।

बिली ने गिलहरियों का नाम इम्प व शाई रख दिया और तोते का नाम जेरी रखा। अब तीनों अपने-अपने नाम से जाने जाते और उनमें गहरी मित्रता हो गई। बिली उनके लिए खाना ले कर जाता और वे कभी उसके कंधे पर बैठ जाते तो कभी गरमी लेने के लिए उसकी कमीज में घुस जाते।

क्रिसमस के दिन उसने इम्प, शाई और जेरी के लिए पार्टी का आयोजन किया। दोनों गिलहरियों को किशमिश बेहद पसंद थी और तोते को तो उसके हाथ से कुछ भी खाना अच्छा लगता था।

क्रिसमस का वह दिन बिली के जीवन का सबसे अच्छा दिन था।

खेलने वाली डिस्क

पीटर को उसके जन्मदिन पर बहुत सारे उपहार मिले थे। लेकिन उसे सबसे प्यारा उपहार अंकल मैट की दी हुई लाल रंग की खेलने वाली डिस्क लगी। वह उसे हवा में लहराता हुआ फेंकता और वह किसी बूमरैंग की तरह वापिस लौट कर उसकी ओर आती। उसकी मां ने उसे कह दिया था कि वह उससे घर के अंदर न खेला करे।

"घर के अंदर बहुत सारा ऐसा सामान है जो कि टूट सकता है। और मैं नहीं चाहती कि तुम क्रॉकरी या मेरे गहनों को अस्त-व्यस्त करो।" मां ने उसे चेतावनी दे दी।

पीटर अपने दोस्तों के साथ पार्क में चला गया। वे अपने साथ खेलने वाली डिस्क भी ले गए। यह वास्तव में एक मजेदार खेल था और सभी बच्चों ने इसके साथ अच्छा समय बिताया। पार्क में कुछ अन्य बच्चे और यहां तक कि कुछ कुत्ते भी इस खेल में शामिल हो गए।

इस प्रकार पीटर रोजाना शाम के समय अपनी डिस्क के साथ पार्क में जाता और अपने दोस्तों के साथ अच्छा समय बिताता। उसके कई नए दोस्त भी बन गए थे। पार्क में सैर करने वाले और बैठने वाले लोग उन्हें शाबाशी देते।

एक दिन मि. हैरिसन पार्क में आए और एक जगह जा कर बैठ गए। वे एक सज्जन पुरुष थे जो कि तीन नंबर में रहते थे। वे कभी किसी से बात नहीं करते थे। वे पार्क में जा कर सबसे दूर के बेंच पर बैठ गए और पार्क की जाली की ओर देखने लगे ताकि कोई उन्हें देख न सके।

बच्चे रोजाना की तरह वहां खेलने आए। वे डिस्क को हवा में उछाल कर खेल रहे थे। अचानक डिस्क मि. हैरिसन के ऊपर उछली और उनके हैट से टकरा गई। मि. हैरिसन खड़े हुए और बच्चों की ओर गए। सभी बच्चे डर गए थे।

मि. हैरिसन ने उनकी ओर गुस्से से देखा। उन्होंने एक हाथ में अपना टोप और दूसरे हाथ में डिस्क पकड़ी हुई थी। सभी बच्चे उनकी डांट सुनने को तैयार थे। लेकिन वे यह देख कर हैरान हो गए कि उन्होंने मुस्कुरा कर डिस्क उनकी ओर फेंक दी।

सभी बच्चे खुशी से चिल्ला उठे और उनकी ओर दौड़े। उन्होंने उनसे माफी मांगी।

किंग जॉर्ज का मुकुट

किंग जॉर्ज एक मधुर स्वभाव के राजा थे। वे भुलक्कड़ भी थे। उनकी पत्नी तथा उनके मंत्री हमेशा उनके आसपास ही रहते ताकि वह कोई बेवकूफी वाला काम न कर बैठें। पिछले सप्ताह उन्होंने किंग फ्रांसिस को खेल के लिए आमंत्रित किया था लेकिन उन्हें बुला कर वे खुद कहीं चले गए।

उन सबने उन्हें सेब के बागों में देखा। वे वहां एक पेड़ पर बैठ कर सेब खा रहे थे। इससे उनमें दुश्मनी पैदा होने का डर था। लेकिन उनका खेल जारी रहा और किंग फ्रांसिंस खुश रहे।

इस बार एक बहुत भव्य समारोह होने जा रहा था जिसमें सैंतीस देशों के राजाओं को दावत पर आमंत्रित किया गया था। किंग जॉर्ज को उसके भाषण के बारे में अच्छी तरह से समझा दिया गया था जो कि उन्हें उस दिन बोलना था। उन्होंने उसे बहुत ध्यान से सुना और याद कर लिया ताकि कोई गलती न हो सके।

अगले दिन राजदरबार में सभी मेहमानों का स्वागत किया गया और सब कुछ अच्छी तरह से चल रहा था। किंग जॉर्ज ने सबकी ओर मुस्कुरा कर देखा और उनका स्वागत किया। वे अपने मेहमानों की बहुत अच्छी तरह से देखभाल करते थे। लेकिन खाने के बाद एक मुसीबत हो गई। किंग पता नहीं कहां गुम हो गए।

रानी ने किंग को ढूंढने के लिए सभी जगह पर मंत्रियों को भेजा कि वे राजा को ढूंढ कर लाएं।

अंत में उन्होंने आ कर बताया कि राजा तो घुड़साल में घास-फूस के ढेर पर सो रहे हैं।

मुख्यमंत्री उन्हें वहां से उठा कर लाए, उन्हें नहलाया और साफ कपड़े पहनाए। लेकिन उनका मुकुट गायब था। रानी ने एक लंबी सांस लेते हुए उनसे पूछा, "आपका मुकुट कहां है?"

किंग जॉर्ज ने मुस्कुरा कर उत्तर दिया, "यहीं कहीं होगा।" उन्होंने दरबार की ओर जाते हुए कहा।

"जाओ और मुकुट को ढूंढ कर लाओ। घुड़साल में जा कर तलाश करो।"

मुख्यमंत्री मुकुट ले कर आया और बोला, "यह हमें एक घोड़े के सिर पर रखा हुआ मिला है।" राजा यह सुन कर मुस्कुरा उठे।

मुसीबत

लुईस हमेशा कोई न कोई मुसीबत खड़ी कर दिया करता था। अभी कल ही उसने ईडा आंटी की खिड़की का कांच तोड़ दिया था। आज सुबह उसने अंकल गेराल्ड का चश्मा उनके नाश्ते के जूस में गिरा दिया था। और अब उसने दादा जी के तकिए में गोंद लगा दी थी और वह उनकी मूंछों से चिपक गया था।

उसकी मां उससे नाराज हो गई और उसके पापा ने भी उससे बात करने से मना कर दिया। उसने सोचा कि जब तक सब कुछ ठीक नहीं हो जाता, कुछ देर के लिए घर से बाहर चला जाता हूं। वह बगीचे में चला गया और उदास हो कर यहां-वहां टहलने लगा। उसने एक टहनी तोड़ी और कुछ देर के लिए खुद को एक राजा समझने लगा जिसके हाथ में एक तलवार है और वह किसी राक्षस से लड़ाई कर रहा है।

वहीं एक बाड़े में खड़ा एक छोटा सा पिल्ला उसे बहुत देर से देख रहा था। वह उस लड़के के हाथ में छड़ी देख कर बहुत खुश हुआ। 'आह। इसका मतलब वह

मेरे साथ खेल सकता है।' वह उछलता हुआ पार्क में आ गया और उसके पैरों में आ कर लेट गया और छड़ी फेंकने का इंतजार करने लगा।

इस प्रकार उनके बीच एक खेल शुरू हो गया। दोपहर के खाने का समय हो चुका था और वह पिल्ला अभी भी वहीं था। उसने अभी तक कुछ भी नहीं खाया था और वह बेकार में यहां-वहां घूमना चाह रहा था। लुईस रसोई से कुछ बचा हुआ खाना लाया और उसे पिल्ले को खाने को दे दिया। उसके बाद वे दोनों फिर से अपने खेल में मस्त हो गए।

लुईस के पिता ने लुईस और पिल्ले को खेलते हुए देखा। जब से पिल्ला वहां आया था, लुईस ने कोई शरारत नहीं की थी।

"शायद वह उस पिल्ले के प्रति वफादार हो गया है। और इसका किसी से भी कुछ लेना-देना नहीं है।" उसके पिता ने सोचा।

लुईस जैसे ही अंदर आया तो उसके पिता ने उससे पूछा, "लुईस! क्या तुम्हें वह पिल्ला पसंद है?" "अरे हां। क्यों नहीं।" लुईस ने उत्तर दिया।

"क्या हम उसे अपने साथ इस घर में रख लें? वह भी तुम्हारे साथ घुल-मिल गया है।" लुईस दौड़ कर अपने पिता से लिपट गया। उस पिल्ले के गले में अब बढ़िया सा पट्टा था जिस पर 'बिफ' लिखा था। अब उसके बाद से घर में कोई भी मुसीबत नहीं हुई।

जीत का जश्न

नैट की टीम क्रिकेट मैच जीत कर आई थी। वह अपने दोस्तों के साथ छुट्टी के दिन इस जीत का जश्न मनाना चाहता था। वे सब मिल कर समुद्री किनारे पर जाना चाहते थे और खूब मौज मस्ती करना चाहते थे।

वे शनिवार की सुबह ही घर से निकल पड़े और दोपहर तक वहां पहुंच गए। यह तैरने के लिए एक अच्छा समय लग रहा था। अतः उन्होंने अपने कपड़े उतारे और समुद्र की ओर चल पड़े। पानी बहुत ठंडा और साफ था। वे सब जब पानी से बाहर आए तो बहुत खुश लग रहे थे और रेत से लथपथ हुए पड़े थे।

अचानक बेन ने आसपास देखा और कहा, "अरे! विली कहां है?"

सब खड़े हो गए। वह तो उन सबके साथ समुद्र में था और खेल रहा था। वह ऐसे कैसे गुम हो सकता है? वे सब हैरान और परेशान हो कर बचाव गार्ड की ओर दौड़े। उन्होंने घबरा कर उसे विली के बारे में बताया।

गार्ड उनकी बातें सुनकर समुद्र की ओर दौड़ा। उसके जाते ही वहां भीड़ लग गई। उनमें से एक ने समुद्री तट रक्षक दल को नाव के लिए

फोन कर दिया। नैट और उसके दो दोस्त नाव की ओर दौड़े और बाकी गार्ड के पीछे दौड़े।

जैसे ही नाव समुद्र की ओर चलने लगी उनमें से एक गार्ड बोला, "आज समुद्र में जोर से लहरें उठ रही हैं।" शाम होने जा रही थी कि तभी नैट ने पानी में से किसी की बाजुएं उठती हुई देखीं। नाव उस ओर गई और गार्ड ने पानी में छलांग लगा दी। वे थके हुए विली को पानी से बाहर ले कर आए। उन्होंने उसे नाव में बिठाया। गार्ड ने उसे उल्टा लिटा कर उसके अंदर भरे हुए पानी को बाहर निकाला। उसके ऊपर कंबल लपेटे गए ताकि उसके दांत किटकिटाना बंद हो सकें।

धीरे-धीरे नाव किनारे पर आ गई और विली को अस्पताल ले जाया गया। अगले दिन सारी टीम उससे मिलने आई।

विली बोला, "पता है, डूब कर पता लग गया कि मेरे दोस्त मुझे कितना प्यार करते हैं।

"अब हम तुम्हारे ठीक होने की खुशी का जश्न भी मनाएंगे बुद्धू।" टीम ने कहा और उस जश्न की तैयारी में लग गए।

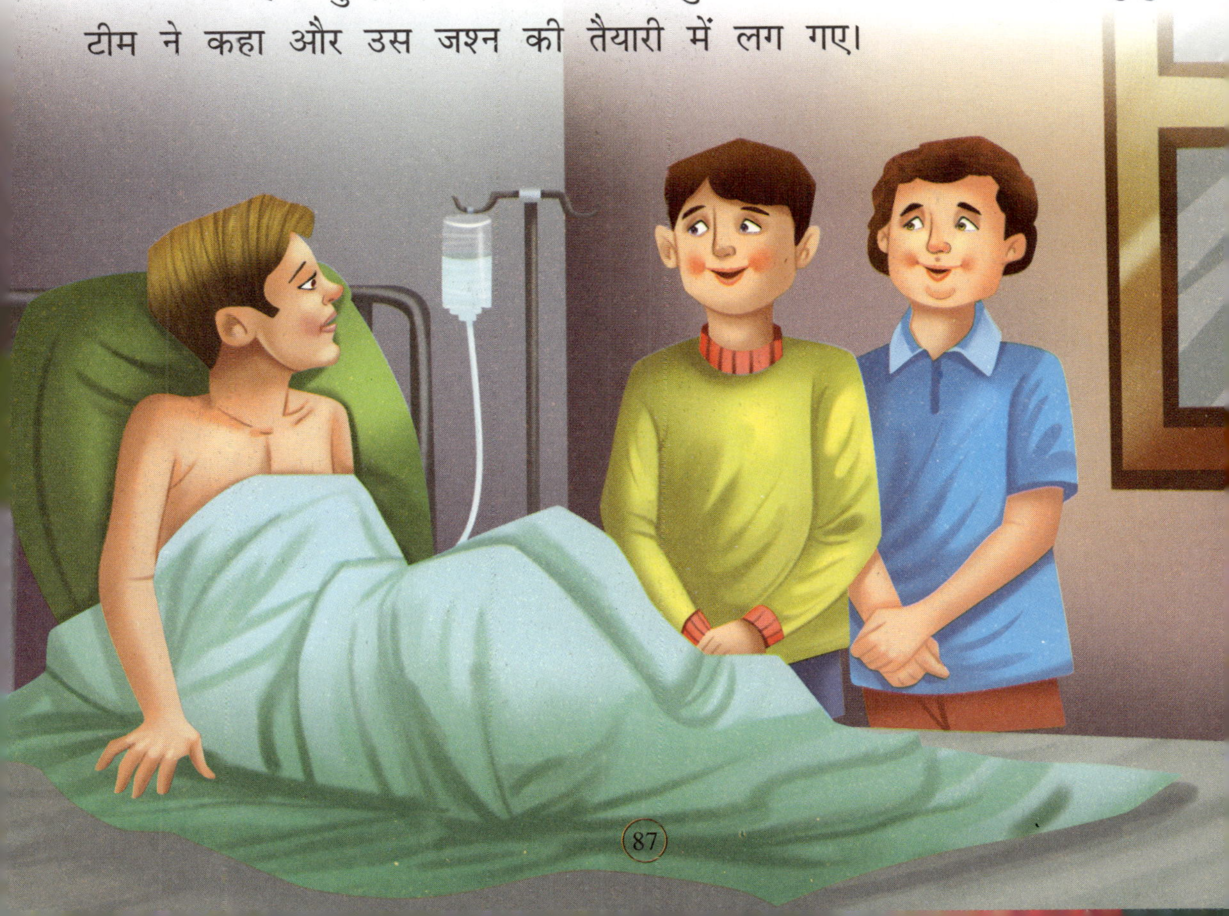

दोस्त दानव

वम्प नाम का एक दानव था जो एक ऊंचे पहाड़ पर बनी एक गुफा में रहता था। वह बहुत उदास रहता था क्योंकि वहां आसपास कोई और दानव नहीं था और कोई भी उससे दोस्ती नहीं करना चाहता था। सभी उससे डरते थे। वह बहुत व्याकुल सा रहता था।

वह अपनी गुफा से बाहर निकल कर बड़ी सी चट्टान पर बैठ जाता और आने-जाने वाले जीव-जंतुओं को मुस्कुरा कर देखता। लेकिन वे सोचते कि वह उन्हें मार कर खा जाएगा अतः उससे दूर ही रहते थे।

एक दिन उसने एक खरगोश से कहा, "मैं केवल तरबूज ही खाता हूं।" लेकिन खरगोश ने उसे बहुत हैरानी से देखा और वहां से भाग गया। वम्प वहीं बैठा रहा। उसे अपने ऊपर तरस आ रहा था। उसकी आंखों से आंसू बहने लगे और जल्दी ही उसके पैरों के पास उनसे एक छोटा तालाब बन गया।

"अरे देखो। यहां एक नया तालाब है।" उसे किसी की आवाज सुनाई दी। वम्प को कुछ दिखाई नहीं दिया। तभी एक छोटी सी परी एक पत्ते के नीचे से निकल कर आई। उसने हरे रंग के कपड़े पहने हुए थे और उसके घास जैसे पंख थे। वह इतनी छोटी थी कि वह वम्प को देख भी न सकी। वह यह भी नहीं जानती थी कि वहां एक दानव बैठा हुआ है। उसके पीछे-पीछे बहुत सारी परियां बाहर निकल आई। उन सबने चमकने वाले कपड़े पहने हुए थे।

वे आंसुओं से बने तालाब के किनारे आ कर बैठ गईं और उन्होंने अपने पैर पानी में डाल लिए। वम्प उनकी बातें सुन रहा था और उसे मजा आ रहा था। यह पहली बार था कि वह किसी प्राणी को इतनी पास से देख रहा था और वह उससे डर भी नहीं रहे थे।

हरी परी ने वम्प के जूतों के फीते देखे और समझा कि यह कोई बेल या जड़ है। वह उसे पकड़ कर ऊपर चढ़ने लगी। जल्दी ही वह वम्प के घुटनों तक पहुंच गई और फिर उसके चेहरे तक पहुंच गई। वह वम्प का चेहरा देखने लगी। कुछ देर के लिए तो वह हैरान रह गई। तभी वम्प मुस्कुराया और नन्ही परी ने उसे हंसते हुए देखा तो वह भूल गई कि वह कोई बदसूरत इंसान है।

उसने भी मुस्कुरा कर वम्प की ओर देखा। और अब वम्प को एक दोस्त मिल गया था।

जी और जिफ

एक बार अफ्रीका में दो दोस्त रहते थे। उनमें से एक जेबरा था जिसका नाम 'जी' था और दूसरा जिराफ था जिसका नाम 'जिफ' था। वे दोनो सारा दिन घूमते रहते। वे एक साथ चारा खाते और आपस में बातें करते।

एक दिन वे दोनों अपनी-अपनी बनावट के बारे में बातें कर रहे थे। जी बोला, "मुझे अपने शरीर पर बनी धारियां बहुत अच्छी लगती हैं। वे मुझे पहचानने के लिए मदद करती हैं।"

"हां। बिल्कुल" जिफ ने जवाब दिया। "लेकिन मुझे मेरे शरीर के धब्बे अच्छे लगते हैं। उनमें कुछ अलग नहीं है।"

अगले दिन उन दोनों में अपने शरीर की लंबाई को ले कर बातचीत चल रही थी। जिफ बोला, "मेरी गर्दन इतनी लंबी है कि मैं आसानी से पेड़ों की टहनियों तक पहुंच जाता हूं।" "बिल्कुल सही कहा। लेकिन मेरी गर्दन भी सही है जिससे मैं आसानी से पेड़ और झाड़ियों को खा सकता हूं। मुझे अपने हिसाब से यह ठीक लगती है।"

"क्या तुमने मेरी लंबी टांगें देखी हैं। इनसे मेरी ऊंचाई काफी बढ़ जाती है।" जिफ बोला।

"लेकिन जब-जब तुम्हें पानी पीना होता है तो तुम्हारी टांगों के कारण तुम्हें परेशानी होती है। लेकिन मुझे देखो, मेरे लिए पानी पीना आसान है। तुम्हें पानी पीने के लिए अपनी टांगों को मोड़ना पड़ता है।" जी बोला।

"लेकिन मैं दौड़ सकता हूं।" जिफ बोला।

"किंतु मेरे से तेज नहीं।" जी ने जवाब दिया।

अगले कुछ दिनों तक वे दोनों एक-दूसरे से नाराज रहे। उन्होंने आपस में बातचीत नहीं की। यदि वे रास्ते में एक-दूसरे को दिख भी जाते तो मुंह फेर कर निकल जाते।

एक दिन वहां बहुत जोर से बरसात हुई। जी और जिफ ने अपने आप को बचाने के लिए एक बहुत बड़ी चट्टान के नीचे आसरा लिया। कुछ देर तक तो दोनों चुपचाप खड़े रहे और फिर अचानक एक-दूसरे को देख कर जोर-जोर से हंसने लगे।

"हम कितने मूर्ख हैं। मैं तो एक जिराफ हूं और तुम एक जेबरा हो।" जिफ बोला।

"हां। हम यह भूल गए थे कि भला हम एक-दूसरे से कैसे मुकाबला कर सकते हैं?" जी बोला।

इसके बाद उन दोनों में लड़ाई समाप्त हो गई और वे दोनों फिर से एक साथ मिल कर रहने लगे।

हंसमुख ड्रैगन

एक बार एक बहुत बड़ा जंगल था। उस जंगल में कोई नहीं जाता था क्योंकि उन्हें यह लगता था कि जंगल में एक भयानक डायनासोर रहता है। जो कोई भी उस जंगल में जाता है, डायनासोर उसे मार कर खा जाता है।

एक बार एडवर्ड गांव में अपनी आंटी नोरा के पास रहने के लिए आया। उसने डायनासोर के बारे में नहीं सुना था। एक दिन जब वह अपनी गेंद से खेल रहा था तो उसकी गेंद उछलती हुई जंगल में चली गई। वह उसे लेने के लिए उसके पीछे-पीछे दौड़ा। लेकिन शायद वह इतनी दूर चली गई थी कि उसे ढूंढना आसान नहीं था।

वह अपनी गेंद ढूंढते हुए बहुत दूर तक निकल गया। तभी उसने एक विशालकाय हरे डायनासोर को अपनी गेंद पकड़े हुए देखा। उसके शरीर पर बहुत सारे धब्बे थे और उसकी लंबी पूंछ सरसरा रही थी। वह देखने में बहुत डरावना लग रहा था लेकिन उसकी मुस्कुराहट बहुत अच्छी थी।

एडवर्ड धीरे से एक कदम उसकी ओर चला ताकि वह उसकी गेंद वापिस कर सके। उस डायनासोर ने गेंद उसकी ओर फेंकी और उसे वापिस लेने के लिए अपने हाथ फैलाए।

'अरे! यह तो खेलना चाहता है।' एडवर्ड ने सोचा। उसने गेंद को वापिस उसकी ओर फेंका तो डायनासोर ने झट से गेंद को लपक लिया। और इस प्रकार वे बहुत देर तक गेंद से खेलते रहे।

अगले दिन एडवर्ड फिर से अपने नए दोस्त के साथ खेलने चला गया। वह उस डायनासोर को 'जौली' के नाम से बुलाने लगा क्योंकि वह बहुत हंसमुख था। वे दोनों मिल कर बहुत मजे करते।

अगले दिन जब उसकी आंटी नोरा ने एडवर्ड को जंगल में जाते हुए देखा तो वह बहुत परेशान हुई। वह कुछ पड़ोसियों को साथ ले कर उसके पीछे-पीछे चल दी। जब उन्होंने जौली को पहली बार देखा तो वे सब डर गए। लेकिन जब उन्होंने उसे एडवर्ड के साथ खेलते हुए देखा तो उन सब से जान लिया कि वे तो बेकार में ही उससे डरते रहते थे। वह ड्रैगन तो वास्तव में बहुत मिलनसार था।

उसके बाद से गांव के सारे बच्चे मिल कर जंगल में जाते और जौली के साथ खेलते। वह भी कई नए दोस्तों से मिल कर बहुत खुश रहने लगा।

गधे की खाल का कोट

एक बार एक चक्की चलाने वाले व्यक्ति की मृत्यु हो गई। वह अपने बेटे रोबी के लिए चक्की छोड़ गया और अपनी बेटी एमिली के लिए एक गधे के अलावा कुछ नहीं छोड़ कर गया। वह गधा भी अब बहुत बूढ़ा हो चला था। थोड़े ही दिनों में उस गधे की भी मौत हो गई।

एमिली बहुत होशियार और समझदार लड़की थी। उसने गधे की खाल उतरवा कर एक दर्जी को दे दी और उससे अपने लिए एक कोट बनाने को कहा। जब भी कोई उसे वह गधे की खाल से बना गंदा सा कोट पहने देखता तो हैरान रह जाता। वे सब यह सोच कर हैरान होते कि, "इतनी सुंदर लड़की गधे की खाल से बना कोट क्यों पहन कर घूमती है?"

लोग उसे ले कर कई तरह की बातें बनाने लगे। कुछ लोग कहते कि गधे की खाल से बने कोट में जरूर कोई जादुई शक्तियां होंगी, कुछ कहते

कि यदि कोई अमीर बनना चाहता है तो उसे गधे की खाल से बना कोट पहनना होता है, वह कोट रोजाना सुबह सोने के सिक्के गिराता है। लोग एमिली से मित्रता जताना चाहते थे ताकि वह उन्हें उस कोट का राज बता सके लेकिन एमिली केवल हंस कर चल देती।

यह बात धीरे-धीरे राजा के कानों में भी पड़ी। राजकुमार ने भी कोट के बारे में सुना और वह उस चक्की की ओर चल दिया ताकि उसका रहस्य जान सके। वहां उसने देखा कि एमिली अपने भाई की मदद कर रही थी और वह कोट दीवार पर टंगा हुआ था।

वह इतनी खूबसूरत लड़की को देखकर दंग रह गया और उसका ध्यान कोट की ओर तो गया ही नहीं। वह रोबी के पास गया और उससे उसकी बहन का हाथ मांगा। रोबी खुशी से फूला न समाया और उसने खुशी-खुशी इस रिश्ते के लिए अपनी मंजूरी दे दी।

राजकुमार और एमिली की शादी हो गई। एमिली ने उसे गधे की खाल के कोट की सारी कहानी कह सुनाई। यह सुन कर राजकुमार बेकार की अफवाहों के बारे में सोच कर हंसने लगा। लेकिन उसके बाद उस कोट को शाही दरबार में एक उपयुक्त स्थान पर टांगा गया क्योंकि उसी कोट के कारण ही राजकुमार उनकी चक्की तक पहुंच पाया था।

सिमन का सपना

एक रात सिमन नाम के एक लड़के को अजीब सा सपना आया। उसने देखा कि वह एक जहाज का कप्तान है और उसका जहाज समुद्र में तूफानी लहरों के बीच चल रहा है। अचानक उसके जहाज पर समुद्री लुटेरों ने हमला बोल दिया। वह बहुत बहादुरी से लुटेरों से लड़ा और उसने अपनी तलवार से कई लुटेरों को मार गिराया। उसके बाद उसका जहाज परियों के देश की ओर चल दिया। उसने वहां परियों की रानी से विवाह कर लिया और रानी ने उसे वहां का राजा बना दिया।

तभी उसकी मां ने आ कर उसे नींद से उठाया और कहा कि स्कूल के लिए देर हो रही है। उसी दिन स्कूल में इंग्लिश की टीचर मिस हेन्डर्स ने बच्चों को एक प्रस्ताव लिखने को दिया। उसने कहा कि जिसका प्रस्ताव सबसे अच्छा होगा वह एक प्रतियोगिता के लिए भेजा जाएगा। प्रस्ताव का शीर्षक था 'मेरा सपना'।

सिमन बहुत खुश था। उसने तो आज ही बहुत सुंदर सपना देखा था। वह तेजी से अपने सपने के बारे में लिखने लगा। उसने जो कुछ भी सपने में देखा था, वह सब लिखता गया।

अगले दिन उसे पता चला कि उसके प्रस्ताव को सबसे अधिक अंक मिले हैं। वह प्रतियोगिता के लिए चुन लिया गया था। सिमन इससे बहुत खुश था।

अब वह सपनों की दुनिया में रहने लगा। वह हमेशा शानदार और अजीबोगरीब स्थानों की यात्रा करता। इससे वह अक्सर लोगों की बातें भी अनसुना कर दिया करता क्योंकि वह सपनों की दुनिया में खोया रहता था।

एक दिन उसने देखा कि मिस हेन्डर्स उसकी मां से गंभीरता से बातें कर रही है। सिमन ने सोचा कि वह शायद उसके प्रस्ताव के बारे में बात कर रही होगी। वह उनके पास चला गया।

"तुमने वास्तव में बहुत शानदार प्रस्ताव लिखा है। लेकिन अब तुम्हें सपनों की दुनिया से बाहर आना होगा।" मिस हेन्डर्स ने कहा।

"क्या मुझसे कोई गलती हो गई मिस हेन्डर्स?" सिमन ने खड़े होते हुए पूछा।

"हां सिमन। तुम्हें समझ लेना चाहिए कि सपने अच्छे होते हैं। लेकिन तुम अकेले इन सपनों की दुनिया में नहीं रह सकते। यदि तुम किसी जहाज के कप्तान बनना चाहते हो तो तुम्हें इसके लिए कड़ी मेहनत करनी होगी।"

सिमन की समझ में सारी बात आ गई।

डोनाल्ड का दोस्त

डोनाल्ड नाम का एक लड़का था। उसे हर बात पर शिकायत करने की आदत थी। वह मौसम, अपने कपड़ों, अपने भोजन तो कभी अपने खिलौने और कभी अपने टीचर के बारे में भी शिकायतें करता रहता। यदि कोई उसकी मदद भी करता तो वह कहता कि उसे मजा नहीं आया। उसे कुछ भी अच्छा नहीं लगता था।

एक दिन उसने अपने खाने के बारे में शिकायत की। "मां ने मेरे लिए खीरे के सैंडविच बना कर दिए हैं। मुझे बर्गर, चिप्स या पिज्जा क्यों नहीं दिया?"

अगले दिन उसने ड्राइंग क्लॉस में हंगामा कर दिया।

"क्या ड्राइंग सीखना जरूरी होता है? मुझे ड्राइंग से सख्त नफरत है। इससे अच्छा तो मैं बेसबॉल या शतरंज ही खेल लेता। यह कितना बोर करता है।" वह बोला।

एक दिन सिएन नाम का एक नया बच्चा कक्षा में आया। वह पैरों से लंगड़ा था और बैसाखियों के सहारे चलता था। उसके आते ही उनकी टीचर मिस कैरी ने सबके साथ उसका परिचय करवाया।

वह डोनाल्ड के साथ बेंच पर बैठ गया क्योंकि वह खाली थी। उसने अपनी बैसाखियां एक ओर रखी और बैठते ही डोनाल्ड से हेलो कहा। डोनाल्ड ने उसकी ओर गुस्से से देखा और अपना काम करने लगा।

जल्दी ही सिएन कक्षा में सबका दोस्त बन गया। वह कभी किसी चीज के बारे में शिकायत नहीं करता था। वह खेल के दौरान एक बेंच पर बैठ जाता और बाकी सभी खिलाड़ियों का उत्साह बढ़ाता। यदि उसे अच्छे अंक नहीं मिलते तो वह होशियार बच्चों को अच्छे अंक मिलने पर उन्हें मुबारकबाद देता। वह जो भी खाना ले कर आता, उसे सबके साथ मिल कर खाता।

डोनाल्ड उसे कई दिनों से ऐसा करते देख रहा था। वह अपनी किताबें और खाने को सिएन के साथ बांटना चाहता था। एक दिन उसने अपना टिफिन उसकी ओर बढ़ाया और कहा, "कुछ ले लो।"

सिएन ने मुस्कुराते हुए एक सैंडविच ले लिया। यहां से उन दोनों में दोस्ती शुरू हो गई। मिस कैरी ने भी महसूस किया कि डोनाल्ड ने अब शिकायतें करना भी छोड़ दिया है। डोनाल्ड अब पहले से अधिक मुस्कुराने लगा था और उसने कई नए दोस्त भी बना लिए थे। सिएन ने ऐसा करिश्मा कर दिखाया था जो अब तक कोई नहीं कर सका था।

मि. बर्न की एजेंसी

मि. बर्न एक छोटी सी जासूसी एजेंसी चलाते थे। उनके पास कई लावारिस लड़के थे जो उनके लिए खबरें लाने का काम करते थे। इससे वे खुश रहते थे।

एक दिन सर रिचर्ड लावेन्बाय नामक एक आदमी अपनी पत्नी के साथ उनके ऑफिस में आए।

वे बोले, "कल रात को मेरी पत्नी ने एक छोटे बच्चे को सड़क पर भीख मांगते हुए देखा। वह देखने मे बिल्कुल हमारे बेटे विली जैसा लगता था, जिसका पिछले साल अपहरण हो गया था। लेकिन हम लोग जैसे ही उसे देखने के लिए मुड़े, वह गायब हो चुका था। क्या आप उसे तलाश करने में हमारी मदद कर सकते हैं?"

यह वास्तव में एक बहुत मुश्किल भरा काम था। सर रिचर्ड ने उसे एक तस्वीर दी, जो कि दो साल पहले ही खिंचवाई गई थी। तस्वीर एक लड़के की थी जिसके बाल घुंघराले थे और उसके चेहरे पर मुस्कुराहट थी।

"मैं आपको तीन दिन के बाद कुछ खबर देता हूं।" मि. बर्न ने उनसे कहा। उन्हें अपना पता और कुछ रूपये दे कर रिचर्ड लावेन्बाय वहां से चले गए।

मि. बर्न ने अपनी टीम को बुलाया और उन्हें वह तस्वीर दिखाई। वे बोले, "लड़कों! इस तस्वीर को ध्यान से देखो। तुम्हें इस लड़के को ढूंढ कर लाना है। लेकिन इसके बारे में किसी से कुछ भी कहना नहीं।"

उसी रात को उनमें से दो लड़के उनके पास आए।

"सर! हमने उसे तलाश कर लिया है।" वे बोले।

मि. बर्न ने अपना हैट उठाया और लड़कों के साथ वहां चल पड़े जहां उन्होंने उसे बताया था। लड़कों ने एक बंदरगाह पर एक बड़े पाइप की ओर इशारा किया। मि. बर्न ने देखा कि वह घुंघराले बालों वाला लड़का वहां सो रहा था। उन्होंने चुपचाप आसपास देखा और बिना शोर मचाए उस सोते हुए लड़के को अपने हाथों में उठाया और सीधा सर रिचर्ड के घर की ओर चल दिए।

लावेन्बाय विली को वापिस पा कर बहुत खुश हुए। विली नींद से उठा तो अपने माता-पिता को देख कर बहुत हैरान हुआ। वह वापिस घर आने पर बहुत खुश हुआ। सर रिचर्ड ने मि. बर्न और उसकी टीम को बहुत सारा इनाम दिया। अब मि. बर्न के पास बहुत सारे केस आने लगे।

नया घर

एक बार एक मेंढक ने सोचा कि अपनी पत्नी को छुट्टियों में कहीं बाहर घुमाने ले जाए। वह एक ऐसे तालाब के बारे मे जानता था जो कि पास में ही था और वहां बहुत से मनुष्य छुट्टियां बिताने आते थे।

उसने इस बारे में अपनी पत्नी से बात की तो वह खुशी-खुशी राजी हो गई।

"लेकिन हम वहां कैसे जाएंगे?" उसने पूछा।

मेंढक ने जवाब दिया, "मेरा दोस्त जॉनी बंदर हमें वहां तक छोड़ देगा।

जॉनी ने अपनी कमर के आसपास रस्सी को इस प्रकार लपेट लिया जिससे कि वह मेंढक और उसकी पत्नी को उसमें बिठा कर ले जा सके। वह एक टहनी से दूसरी टहनी और एक पेड़ से दूसरे पेड़ पर उछलता जा रहा था। इससे मेंढक और उसकी पत्नी को बहुत चक्कर आ रहे थे।

लेकिन मेंढक को जॉनी के साथ इस यात्रा में बहुत मजा आ रहा था।

जब वे उस तालाब के किनारे पहुंचे तो उन्हें अपने लिए एक अच्छा सा किनारा मिल गया। वहां आसपास बहुत सारे कमल के फूल खिले थे और बहुत सारे लोग आते-जाते रहते थे। उन्होंने सोचा कि वे वहां सुरक्षित रह सकते हैं। जॉनी ने भी अपने लिए एक पेड़ तलाश कर लिया जिस पर वह भी रह सकता था।

वे वहां मनुष्यों को पानी में मस्ती करते हुए देखते। कुछ लोग पानी के किनारे लेटे रहते, किताबें पढ़ते रहते या खेलते रहते। रात को वे सब वहां से चले जाते तो वहां का वातावरण और भी खुशनुमा हो जाता। मेंढक अपनी पत्नी के साथ मिल कर कमल की पत्तियों पर बैठ जाता और गाना गाता।

कुछ ही दिनों बाद छुट्टियां समाप्त हो गई और सभी लोग अपने-अपने घर चले गए। जॉनी को कहीं पर एक बड़ा सा गुलाबी रंग का छाता पड़ा हुआ मिला। उसने इसे उल्टा करके पानी में छोड़ा तो यह एक नाव बन गया। मेंढक और उसकी पत्नी मिल कर बाकी के सारे मेंढकों को पानी में नाव की सैर कराते। जब उसमें थोड़ा-थोड़ा पानी भर जाता तो उसमें कुछ मछलियां भी आ जातीं। इस तरह नए तालाब में आ कर उन्हें बहुत मजा आ रहा था।

केविन का डॉनट

दादा जी नहीं मिल रहे थे। पापा उन्हें सुबह से अस्पताल, रेलवे स्टेशन और एयरपोर्ट में तलाश कर रहे थे। मम्मी दादा जी के सभी दोस्तों तथा रिश्तेदारों को बारी-बारी से टेलीफोन कर रही थी कि वे कहीं उनके घर तो नहीं आए थे।

केविन अपने कुत्ते ट्रिप्पर के साथ दरवाजे पर बैठा था और अपने दादा जी के बारे में चिंता कर रहा था। उसे पता था कि डॉक्टर ने दादा जी के लिए कुछ दवाएं लिख कर दी थी और कहा था कि उन्हें अकेले कहीं बाहर नहीं जाने देना है। उसके दादा जी उसकी तरह गले में पहचान पत्र डाल कर रखते थे। लेकिन ऐसा लगता था जैसे वह जाने से पहले वह पहचान पत्र पहनना भूल गए थे। वे शायद तब घर से निकले होंगे जब पापा अपने ऑफिस गए होंगे और मम्मी बाजार से सब्जियां लेने गई होंगीं।

शाम को पापा ऑफिस से थके-हारे लौटे। उन्होंने मम्मी को बताया कि उन्होंने पुलिस स्टेशन में दादा जी के गुम होने की रिपोर्ट लिखवा दी है। अब पुलिस भी दादा जी की तलाश कर रही है।

किसी को भी खाने की भूख नहीं थी। लेकिन फिर भी सभी खाने की मेज पर बैठे थे और थोड़ा सा खाने की कोशिश कर रहे थे। फिर वे सब अपने-अपने बिस्तर पर सोने चले गए। सुबह तक उनके पास करने के लिए कोई काम नहीं था।

अगली सुबह टेलीफोन की घंटी बजी। पापा तेजी से फोन उठाने दौड़े। मम्मी और केविन भी उनके पीछे-पीछे गए।

"जी हां। मैं बोल रहा हूं।"

"क्या? पिछली रात को?

"ठीक है। मैं पन्द्रह मिनट में वहां आता हूं।" पापा ने फौरन फोन रखा। यह पुलिस स्टेशन से पुलिस इंस्पेक्टर का फोन था।

"उन्होंने पापा को ढूंढ लिया है। वे रात को पार्क में एक बेंच पर सो रहे थे। वे कह रहे हैं कि वे केविन के लिए डॉनट लेने गए थे।" पापा बोले और भाग कर कार की चाबी की ओर लपके। उन्होंने मम्मी और केविन को भी कार में बिठाया और फौरन कार पुलिस स्टेशन की ओर दौड़ाई।

जैसे ही वे पुलिस स्टेशन पहुंचे तो देखा कि दादा जी अंदर चाय पी रहे हैं और शतरंज खेल रहे हैं। उन्होंने उनकी ओर मुस्कुरा कर देखा और कहा, "हैलो! टॉम। मैं इन्हें शतरंज खेलना सिखा रहा हूं। आओ, तुम भी आ जाओ।" सब जोर से खिलखिला कर हंस पड़े और उन्होंने चैन की सांस ली।

सर्दी की तैयारी

एक बार कुछ गिलहरियों को एक पेड़ के खोल में रहने के लिए एक गुफा मिल गई। यह गुफा इतनी बड़ी थी कि वे सब इसमें सर्दियों के लिए अपना भोजन इकट्ठा कर सकते थे।

मम्मी गिलहरी ने अपने बच्चों एल्विन और मर्विन से कहा, "तुम दोनों मेरी बात ध्यान से सुनो। मैं इस छेद को बंद करने जा रही हूं। तुम दोनों इस बारे में किसी से मत कहना। यदि तुमने यह बात किसी से कह दी तो हमें सर्दियों के लिए खाना नहीं मिलेगा। समझ गए न।"

"ठीक है मां।" दोनों बच्चों ने सिर हिलाया।

एल्विन समझदार था किंतु मेर्विन थोड़ा नटखट था और दिखावे में यकीन रखता था। वे बाकी सभी गिलहरियों को बताना चाहता था कि उन्होंने किस प्रकार सर्दियों के लिए पहले से ही तैयारी कर रखी है।

मेर्विन ने सोचा कि शायद उसकी मां और एल्विन डर रहे हैं। उसने अपने आप को ऐसे दिखाया जैसे उसे डर नहीं लग रहा और यदि उनका भोजन चोरी हो जाता है तो वह सब कुछ संभाल लेगा।

"तुम तो बेकार में ही डर रहे हो।" उसने एल्विन से गुस्से में कहा।

"मैं डर नहीं रहा।" एल्विन ने जवाब दिया।

"नहीं! तुम डर रहे हो।"

"नहीं। मैं नहीं डर रहा।"

उनकी यह बहस काफी देर तक चलती रही। उनकी मां ने जब उन्हें झगड़ते देखा तो वह उनके पास आई। वह जानना चाहती कि वे दोनों किस बात पर झगड़ रहे हैं। एल्विन ने मां को सारी बात बताई। मेर्विन ने गुस्से से उसकी ओर देखा।

वह बोली। "मेर्विन! क्या तुम जानते हो कि मूर्ख और बहादुर में बहुत फर्क होता है।"

"वह कैसे?" मेर्विन ने पूछा।

"बहादुर का मतलब है तुम अपनी शक्ति के अनुसार यह देखते हो कि क्या सही है और क्या गलत है। लेकिन अगर तुम मूर्ख हो और तुम अपने आप को हीरो समझते हो तो तुम अपनी बचकानी हरकतों से किसी भी समय मुसीबत में पड़ सकते हो। अब तुम्हें देखना है कि तुम बहादुर हो या मूर्ख हो।"

मेर्विन अपनी मां की बात समझ गया कि एल्विन बहादुर है जो चुपचाप रह कर मां की मदद करता है।

बर्टन की कार

बर्टन की टैक्सी सर्विस पूरे इलाके में मशहूर थी। जब भी किसी को टैक्सी की जरूरत होती तो वह कहता, "बर्टन को फोन करो।"

मि. सोलोमन अभी कुछ दिन पहले ही वहां रहने आए थे और उन्हें अभी तक उस स्थान के बारे में जानकारी नहीं थी। उन्होंने बर्टन को बुलाया और कहा कि वे बाजार जाना चाहते हैं।

जब बर्टन की टैक्सी वहां आई तो उन्होंने देखा कि वह एक पुरानी सी कार है और उसका ड्राइवर भी कोई बजुर्ग आदमी है।

"गुड मॉर्निंग।" ड्राइवर ने आते ही कहा।

"क्या तुम बर्टन हो?" मि. सोनोमन ने पूछा।

"हम सब बर्टन कहलाते हैं सर।" बुर्जुग आदमी ने मुस्कुराते हुए कहा। "असली बर्टन तो मेरे दादा जी थे। और अब तो मैं और मेरे पोते यह टैक्सी सर्विस चलाते हैं। मेरा नाम टिम बर्टन है।"

इससे पहले कि वह टैक्सी ड्राइवर उन्हें अपने परिवार के बारे में और कुछ बताता, मि. सोलोमन तेजी से टैक्सी में जा कर बैठ गए। बाजार का

रास्ता थोड़ा ऊंचा-नीचा था। पुरानी गाड़ी चलते समय चरचराने की आवाज कर रही थी और थरथरा कर चल रही थी।

बाजार में जब भी कोई सामने से आता या कार के रास्ते में आता तो बूढ़ा बर्टन बार-बार कार का हार्न बजाता। मि. सोलोमन के लिए यह एक शोरगुल वाली यात्रा रही। जब कार एक दवाओं तथा जनरल स्टोर के बाहर रुकी तो उन्होंने चैन की सांस ली।

"आप अपना काम आराम से करो सर, मैं तब तक एक झपकी ले लेता हूं।" वह हंसमुख बर्टन बोला।

मि. सोलोमन को जो भी सामान लेना था, उन्होंने वह सब खरीदा और बर्टन को उठाया। उन्होंने सारा सामान कार में रखा और घर की ओर वापिस चल दिए।

"पुरानी कार में वापिस जाना कितना आसान है।" बर्टन बोला।

मि. सोलोमन यह सोच कर निश्चिंत हो गए कि अब सारा रास्ता ढलान वाला है। बर्टन ने क्लच छोड़ दिया और कार अपने आप चलती गई। वह सारे रास्ते उनसे गप्पें लड़ाता हुआ आ रहा था। मि. सोलोमन अपनी सीट पर बहुत व्याकुलता से बैठे थे और घर आने पर उन्होंने चैन की सांस ली।

अगले ही दिन मि. सोलोमन ने अपने लिए एक छोटी सी नई कार खरीद ली।

मि. डीन का दोस्त

मि. डीन एक पालतु पशु खरीदना चाहते थे। वह अकेले रहते थे और उन्होंने सोचा कि पालतु पशु होने से उन्हें एक साथी मिल जाएगा।

'मुझे बिल्लियां पसंद नहीं हैं।' उन्होंने सोचा। 'वे जब देखो यहां-वहां भागती रहती हैं और सब जगह अपने बाल गिराती रहती हैं। वैसे भी मुझे उनके बालों से एलर्जी है।'

फिर उन्होंने सोचा कि क्यों न एक छोटा सा कुत्ते का पिल्ला रखा जाए। 'छोटे पिल्ले घर की रखवाली नहीं कर सकते। और जब वह छोटा पिल्ला बड़ा हो कर कुत्ता बन जाएगा तो मैं उसे अपने साथ बाहर नहीं ले जा सकता। मैं उसे जबरदस्ती यहां-वहां घसीटता रहूंगा।'

खरगोश भी छोटे बच्चे होते हैं और थोड़े ही समय में पूरा घर खरगोश के बच्चों से भर जाएगा। इसलिए खरगोश भी उनकी लिस्ट में से कट गए।

'मैं कोई टाइगर का बच्चा, जिराफ या बकरी भी नहीं खरीद सकता।' उन्होंने सोचा। तभी उन्हें मि. गॉरडोन की पशुओं की दुकान का ख्याल आया। उन्होंने तुरंत अपना हैट पहना और उनकी दुकान की ओर चल दिए।

उन्होंने वहां जा कर चूहे और बोलने वाले तोते देखे, सफेद चूहे छोटे पिल्ले और बिल्ली के बच्चे। फिर उनकी नजर एक बड़े आकार के हरे तोते पर पड़ी। वह एक बांस से बने पिंजरे में बैठा हुआ था और बाहर की ओर देख रहा था।

"गुड मॉर्निंग। आप कैसे हो?" तोते ने कहा। 'अरे वाह! मेरे लिए तो यह तोता ठीक है। कम से कम मैं इससे बात तो कर सकता हूं।' मि. डीन ने सोचा।

उन्होंने मि. गॉरडोन को पैसे दिए और तोते को ले कर चल दिए। उसका नाम किमी बताया गया था। घर ला कर किमी का पिंजरा ड्राइंग रूम में लटका दिया गया और उसके अंदर पानी और फलों की एक कटोरी भी रख दी गई। किमी को बातें करना बहुत अच्छा लगता था। वह सारा दिन कुछ न कुछ बोलता रहता था।

"हैलो! किमी को केला चाहिए।"

"हे! चाबियां मिल गई।" "देखो! बाहर बरसात हो रही है।"

मि. डीन को बोलने वाले तोते का साथ बहुत पसंद आया। वे जब भी टेलीविजन पर क्रिकेट का मैच देख रहे होते तो किमी उसे सुन कर आवाजों की नकल करता। बहुत जल्द वह लगातार बोलने लग गया और मि. डीन को टेलीविजन देखने में बहुत मुश्किल होती। जब कभी मि. डीन को शांति से रहना होता, वे तोते के पिंजरे को कंबल से लपेट देते और चैन की सांस लेते।